돌팔이 의사의 생존법

돌팔이 의사의 생존법

초판발행일 | 2022년 10월 31일

지은이 | 김연종
펴낸곳 | 도서출판 황금알
펴낸이 | 金永馥

주간 | 김영탁
편집실장 | 조경숙
인쇄제작 | 칼라박스
주소 | 03088 서울시 종로구 이화장2길 29-3, 104호(동숭동)
전화 | 02) 2275-9171
팩스 | 02) 2275-9172
이메일 | tibet21@hanmail.net
홈페이지 | http://goldegg21.com
출판등록 | 2003년 03월 26일 (제300-2003-230호)

값은 뒤표지에 있습니다.

ISBN 979-11-6815-032-4-03810

*이 도서는 한국출판문화산업진흥원의 '2022년 우수출판콘텐츠 제작 지원' 사업
  선정작입니다.

돌팔이 의사의 생존법

시 속의 의학 이야기

김연종 지음

황금알

문학과 의학의 연리지

나의 독자는 두 부류다. 의사와 시인. 나의 지인의 부류이기도 하다. 이들은 자연스럽게 탄생한 팬덤이 아니라 인위적으로 형성된 독자들이다. 그들이 내 책을 사보는 경우는 거의 없으므로 독자라고 말하기도 민망하다. 정성스레 사인해서 보내준 증정본을 읽을지 의문이지만 벌써 몇 번째 같은 일을 반복하고 있다. 흔히 출간을 출산의 고통에 비유한다. 하지만 문학은 중독성이 강하다. 쾌락을 동반하기에 결국 자기 위안이고 자기치유이다. 자기만족이라는 말이 더 맞는 표현일지도 모르겠다.

나는 의료현장에서 풍기는 문학의 체취와 문학의 현장에서 느낀 의학적 소견을 글로 풀어낸다. '의학시'를 쓰면서 체득한 나름의 문학적 기록이다. 의료현장을 詩에 접목하려는 작업, 그것은 거창한 작업이 아니다. 생의 연약지반에 맺힌 물방울을 닦기 위해 휴지 한 장 뽑아 드는 일일지도 모른다. '의사 시인'의 존재 의미도 여기에 있지 않을까. 의사시인이라 부르기도 하고 시인의사라 칭하기도 하는 누명 같은 명함을 나는 왜 버리지 못할까. 문학과 의학의 연리지 같은 욕망의 실체를 어떻게 해체하고 어떻게 분석해야 할까.

이 글은『문학청춘』'시 속의 의학이야기'에 6년 넘게 연재한 것이다. 문학과 의학의 소통이라는 소기의 목적을 달성하기엔 역부족이었지만 '의학시'라는 장르를 선보이는 조그만 성과도 있었다.

글을 연재하는 동안 수많은 일들이 일어났다. 대통령 탄핵부터 코로나 정국까지. 문단에서는 표절 시비와 미투 운동이, 의료현장에서는 원격진료와 연명치료 중단에 대한 논란이 기억에 남는다. 여전히 현재 진행형인 포스트코로나와 공공의료 확대를 위한 논쟁까지. 여기서도 글의 성격은 갈린다. 하지만 뚜렷한 구별 점은 없다. 문학이든 의학이든 깊숙한 내면의 세계로 들어가면 차이점보다는 공통점이 많기 때문이다.

의사와 시인. 묵묵히 연구와 진료에 매진하는 의사들과 다양한 직업을 가지고도 문학을 살아가는 동지들, 나는 이들을 존경한다. 양쪽에 발을 담그고도 어느 것 하나 제대로 수행하지 못한 나를 돌아본다. 동네의사로 변방의 시인으로 문학과 의학의 접점을 찾으려는 시도는 아직도 진행 중이다. 오늘도 나의 시는 조그만 나의 진료실에서 탄생한다.

오랜 세월 지면을 허락해 준 『문학청춘』과 이 책이 세상에 선보이도록 시종을 마련해 준 도서출판 황금알 김영탁 시인께 감사를 드린다. 20년 넘게 동네의사의 자리를 보존하며 글을 쓸 수 있도록, 변함없이 나를 찾아주는 환자들께 두 손 모아 이 책을 바친다.

2022년 가을
의정부 행복도시에서

차 례

제3부 전두엽 축제

제4부 카우치에서 시를 읽다

제1부

호모 메디쿠스

호모 메디쿠스

나의 텍스트는
피와 살과 뼈로만 기록되어 있다
도제 시스템으로 단련되어
전염력이 매우 강하다
세균을 혐오하지만
오직 세균의 힘으로만 부패한다
한 번 피맛을 본 후론
달콤한 적포도주로 갈증이 해소되지 않는다
바스락거리는 뼈맛을 느끼고 나선
부드러운 육질을 거부한다
두개골은 갑각류의 등딱지보다 단단하고
매끈한 피부는 사나운 짐승의 가죽보다 질기다
박쥐처럼 초음파를 사용하고
동굴 같은 내시경을 들여다보지만
몸속 깊은 슬픔의 발원지를 찾을 수 없다
만약 내게 투시경이 주어진다면
옷 속에 감추어진 외부 성기가 아니라
욕망을 감추어둔 내면의 장기를 훑고 싶다

캡슐 내시경처럼

입에서 항문까지 구불구불한 텍스트를

구석구석 밑줄 긋고 싶다

형광펜처럼 빛나는 고독의 기시부를 찾고 싶다

오진과 오독 사이에서 또 하루를 탕진하였다

부패와 발효 사이의 아찔한 칼날 위에 선

오늘도

온통 오류투성이다

* * * * *

C에게

우선 축하하네. 자네가 의과대학에 합격했다는 소식을 들었네. 마침 동료 의사들 몇 명이 조촐한 모임을 하는 자리였는데 우연히 자네의 낭보를 듣게 된 것이지.

아버지의 카톡 사진에 있는 유년의 모습만 보다가 듬직한 청년으로 성장한 자네를 보고 새삼 세월의 힘을 느꼈다네. 이태 전 의과대학에 입학한 형에 이어 삼부자가 모두 의사의 길로 합류했으니 겹경사라며 두 배로 축하했지.

어릴 때부터 심성이 착해 동물들을 아끼고 보살피며 수의사가 되고 싶어 했는데 의사인 아버지의 뜻에 따라, 그리고 의과대학에 다니는 형의 권유를 받아들여 진로를 바꾼 것으로 알고 있네.

자네는 자의 반 타의 반이라며 가지 않는 길에 대해 아쉬움을 드러냈지만, 그 말이 기대 반 우려 반으로 느껴지는 것은 무슨 까닭일까. 한편 기특하고 대견하면서도 내심 걱정이 앞서는 건 우리에게 처한 의료 현실이 녹록지 않다는 사실이기도 하겠지.

의료계를 바라보는 곱지 않은 시선과 약자를 배려하지 못하는 의료계의 배타적인 시각과 세상의 각박한 인심 등이 어우러진 비극적 합작품일지도 모르지. 선배 의사로서 가슴 아픈 일이지만 반드시 풀어가야 할 과제이기도 하다네.

아들의 친구이기도 하고 친구의 아들이기도 한 자네와는 정확히 한 세대 차이가 나지만 의과대학에 합격했다는 소식을 듣고 어이없게도 동지 의식이 느껴지는 걸 보면 직업의식이라는 것이 무섭구나 하는 생각이 들기도 하네.

이제 막 의과대학에 입학한 자네에게 부모의 심정으로 혹은 선배나 동료의 심정으로 몇 가지 당부를 드리려 하네.

의과대학에 입학한 이상 의사라는 이름표는 평생 차고 다녀야 할 목걸이와도 같은 것이네. 귀찮으면 언제든지 벗어던질 수 있는 장식품이 아니라 몸속 깊이 새겨진 문신처럼 쉽게 바꿀 수 없는 명함이라네.

이제 한낱 초짜 대학생이라고 생각하겠지만 벌써 주위의 시선은 반의사가 되어 있을 걸세. 그러니 더욱 처신에 주의해야 할 것이네.

내가 존경한 모 교수님은 강의 첫 시간에 의사의 덕목에 대해 이렇게 말하였다네.

"Lion's Heart, Eagle's Eye, Lady's Hand."

사자의 강인한 마음가짐, 독수리의 예리한 눈, 그리고 여인처럼 부드러운 손. 요즘 유행하는 말로 좌뇌와 우뇌의 조화로운 사용으로 이성과 감성을 두루 갖춘 인간이 되라는 뜻이겠지.

열심히 공부해 의학적 지식을 쌓는 것은 물론이고 예술·문학·철학 등 다양한 방면에도 관심을 가져 치우치지 않는 의사가 돼야 한다는 의미이기도 할 거야. 그래서 진정으로 환자에게 도움이 될 치료가 무엇인지 늘 고민해야 한다는 말이겠지.

　교수님의 비장감이 느껴지는 마지막 당부는 아직도 나의 뇌리에서 떠나지 않네.

　'환자에게 해 끼치지 마라.' 잘못된 치료를 해 환자를 그르치게 하느니보다 환자를 그대로 두는 편이 현명하다는 의미가 아닐까. 대부분 환자는 가만히 두어도 저절로 회복되고, 또 아무리 힘을 다해 치료해도 불가항력인 경우가 있고, 단지 소수의 환자만 의사의 도움이 필요한데 그중에도 적절한 치료를 받아야만 좋은 결과를 가져오게 된다는 말일 것이네. 이것은 수십 년째 의사로 살아가는 나로서도 여전히 고민되는 문제라네.

　그런데 가끔 이 말을 잊고 사는 건 아닌지 나 자신도 뜨끔할 때가 있다네. 간혹 길을 잃고 방황할 때마다 나에게 묻고 또 스스로 답한다네. 이 질문은 자네에게 그리고 의사를 꿈꾸는 모든 신입생에게, 어쩌면 나 자신에게 하는 소심한 충고일지도 모르겠네.

　다시 한번 축하하네. 여전히 우수한 인력이 의과대학으로 유입돼야 하는지에 대한 논의는 접어두고 이제 막 의과대학에 입학한 자네에게 마냥 축하의 말만 해줄 수 없는 현실이 조금은 안타깝기도 하네.

　설령 자네가 의과대학에 입학하지 않았더라도 인생의 선배로서 이 말은 꼭 전해주고 싶네.

　'Do No Harm'(남에게 해 끼치지 마라)

의사의 삶이란 무엇인가? 호모 메디쿠스란 어떤 존재인가. 의업에 종사한 지 어언 30년이 지났건만 나는 도무지 이 질문에 답할 수가 없다. '인간의 삶이란 무엇인가'라고 슬쩍 질문을 바꿔보지만 뚜렷한 답을 내놓을 수 없기는 마찬가지다. 좀 더 객관적인 답을 얻기 위해 한 발짝 뒤로 물러나 제3자의 입장에서 의사의 삶을 관찰하기로 한다.

그들은 자신에게 부여된 권리보다 자신에게 주어진 의무의 무게가 더 버겁다는 사실을 잘 알고 있다. 어깨 위에 매달린 사명의 무게를 감당하기 위해 자신에게 닥치는 고통을 참아낼 수 있다. 환자의 안위를 위해서라면 자신의 영달쯤은 스스로 포기할 수 있는 자, 자신에게 주어진 아픔을 혼자서 오롯이 짊어질 수 있는 자, 그가 바로 호모 메디쿠스이다.
내가 아는 한, 의사처럼 순진한 집단이 있을까. 물론 이 말은 칭찬이 아니다. 그렇다고 무시하거나 비난하는 말도 아니다. 전문직으로서의 자부심은 누구보다 강하지만 사회 구성원으로서 역할은 미미하다. 부당한 요구에 타협하지 않지만 사회의 비난이나 질시에 잘 대처하지 못한다. 자신들의 의견을 전달하는 데 미숙하고 자신들의 뜻을 관철하는데도 세련되지 못하다. 그래서 사회에서 자신들의 이익만 좇는 이기적인 집단으로 매도당하기도 한다.
그들은 대체로 무색무취의 정치 성향을 지녔다. 원로 의사들의 경우 보수적 성향을 보이는 경우도 있지만, 현재 의료계의 대세를 이루는 4, 50대 의사들은 정치적 성향을 잘 드러내지 않는다. 간혹 과도하게 주장을 펼치는 경우가 있는데 의료정책에 관한 경우가 대부분이다. 그때도 그 정책에 한할 뿐 정치적 이념과는 무관하다.

다른 직종의 사람들과 잘 어울리지 못해 편협한 느낌을 주기도 하지만 다양한 취미 생활을 즐긴다. 대체로 술은 잘 마시는 편이다. 술이 들어가면 약간 사교적이지만 과음 후의 실수는 허락하지 않는다. 진료실에서 태도는 냉정하다. 눈빛은 더욱 날카롭고 가슴은 냉철해진다. 부드러운 손으로 환부를 어루만지며 꼭 필요한 말만 한다. 차갑지는 않지만 그렇다고 따뜻하지도 않다.

그렇다면 나는 의사라는 본연의 임무에 충실한가. 의료 외적인 일로 시간을 많이 뺏기기도 하고 간혹 자발적으로 시간을 낭비하기도 하며, 엉뚱한 상상과 미래에 대한 불안으로 시달리기도 한다. 환자를 진료할 때도 텍스트보다는 경험에 의존하는 경우가 많고 의학적 원칙보다는 사회의 보편적인 원칙을 따르기도 한다.

이쯤에서 의사로서 자신을 되돌아본다. 나는 환자를 위해 얼마만큼 고통을 감수해 본 적이 있는가. 그저 돈벌이의 수단으로 생각해 본 적은 없는가. 가족처럼 그들의 아픔에 동참한 적이 있는가.

환자를 위해 스스로 흉흉해질지언정, 호모 메디쿠스의 사명마저 망각한 것은 아닌지. 몸속 깊이 감추어 둔 허물을 애써 덮으려고만 하는 것은 아닌지. 나이 들어가면서도 초록의 빛깔만 고집하는 건 아닌지. 관습이나 정치의 불평등을 스스로 원하는 건 아닌지. 점점 무디어지는 감성과 더불어 의사로서의 소명도 희미해지는 나를 발견할 때 실로 부끄러워 고개를 들 수 없을 지경이다. 그럼에도 직업인으로 의사를 사랑한다. 의사, 충분히 매력적이고 도전해볼 만한 직업이지 않은가. 그렇게 우호적인 의료 환경이 아닐지라도 타인을 사랑할 줄 알고 봉사 정신이 투철한 젊은이라면!

의사라는 직업에 대한 의사들의 두려움은 조금 다른 곳에 있는 것 같다. 의사에 대한 사회의 따가운 시선도, 점점 척박해진 의료 환경도 아니다. 그것은 바로 의료사고에 대한 강박적 두려움이다. 의사라면 누구나 원죄의식처럼 짊어지는 형벌이다. 의료사고는 발생하기 마련이다. 그것이 과실이건 불가항력이건 간에. 의료사고가 발생할 때마다 잠재적 가해자가 되어 그 고통을 경험하게 된다.

의료사고를 바라보는 마음은 늘 착잡하다. 돌덩이를 등에 지고 산을 오르는 사람처럼 가슴이 답답해진다. 그래서 의료사고에 대한 뉴스는 애써 외면한다. 결국 다시 확인하고 말지만, 그 순간만이라도 거기서 피하고 싶은 심정일 것이다. 하지만 그럴 수가 없었다. 그날도 뉴스를 접하고 그만 가슴이 덜컥 내려앉았다.

새하얀 강보에 싸인
네 명 신생아들이

세상에 와서
미처 이름도 얻기 전에

멀리 떠나는 겨울 아침

형식도 절차도 없이
핏덩이들이 지워진다

죄로 물든 세상에 닿지 않은
저 순결한 발뒤꿈치들이
하나하나 사라진다

　　　　　　　　— 김선향, 「발인」 부분(『시산맥』, 2018년 봄호)

　배경 설명이 없더라도 누구나 짐작할 수 있는 아픈 사건이다. 한동안 세간을 떠들썩하게 했던 모 대학병원의 신생아 사망사건이 그것이다. 의료사고에 대해 무덤덤하게 반응하던 나 자신도 이 뉴스에는 채널을 돌릴 수 없었다. 여러 방면의 전문가들이 심한 질책과 함께 다양한 분석을 내놓았다.

　아직 원인이 밝혀지기 전 우리들끼리도 갑론을박이 있었다. 의료기기의 오작동, 병원감염, 급기야 추리소설에 등장하는 서스펜스까지 등장했지만 좀처럼 그 원인을 짐작하기 어려웠다. 마침내 원내 감염이라는 원인이 밝혀지면서 의사들에 대한 비난은 최고조에 달했다. 빗발치듯 쏟아지는 여론은 결코 의사의 편이 아니었다. 급기야 의사 구속이라는 최악의 시나리오로 발전했다. 이에 대한 여론은 극명하게 갈렸다.

"의료진의 과실이 있다면 책임을 묻는 것은 당연하나 인신 구속이나 파렴치한 범죄자의 굴레를 덮어씌우는 것은 부당하다."라는 게 전반적인 의료계의 입장이다. 물론 일반 국민이 느끼는 법 감정과는 상당한 차이가 있을지 모른다. 하지만 성실히 환자를 진료하고 연구 활동하는 의사들한테는 이만저만한 충격이 아닐 수 없다. 대한민국 영유아 사망률은 이미 선진국 수준으로 발전했다. 열악한 의료 환경과 불합리한 제도에도 불구하고 의료인과 의료기관의 노력과 희생의 산물임을 부인할 수 없을 것이다.

대학병원 의사 불구속 선처 탄원서에 많은 의사가 서명했다. 이제 아무 소용없는 휴짓조각이 되고 말았지만 나도 서명에 동참했다. 법률에 대한 뚜렷한 소신보다는 가슴 어딘가에 품은 동료 의식이 더 크게 작용했을 것이다.

지난주 지역 의사회 모임에 참석했다. 의사 구속 후 얼마 지나지 않아서인지 분위기는 많이 가라앉아 있었다. 새로 선출된 젊고 역동적인 의사회장에 대한 기대와 우려가 주를 이루었다. 앞으로 펼쳐질 험난한 의료 환경, 그리고 문재인 케어에 대한 다양한 의견도 쏟아져 나왔다. 지금 우리 사회는 변화를 모색 중이다. 의료분야를 포함, 여러 분야에서 관습의 굴레를 벗어나려 몸부림치고 있다. 내가 의사로 첫발을 내딛던 30년 전과는 비교할 수 없을 정도로 의료 환경도 변했고 의사에 대한 인식도 바뀌었다. 변하지 않는 건 내 자신뿐일지도 모른다.

진료실 책장 유리에 비친 사내의 모습이 쓸쓸해 보인다. 오후 네 시의 진료실은 시간이 더디게 흘러간다. 욕망을 감추어둔 내면을 찾아 이미 퇴물이 되어버린 청진기를 손으로 만지작거린다. 한없이 비열하며 한없이 차가우면서 한없이 뜨거웠던 손이다. 아무리 만져보아도 몸속 깊은 슬픔의 발원지는 발견할 수 없다. 나는 그날, 이제 아들이 본과생이 되었을 C 원장에게 축하와 더불어 몇 마디 덕담을 준비했지만 결국 아무 말도 꺼내지 못했다.

ADHD

불현듯 하고 싶다 갑자기 목이 탄다 가슴이 뛴다 잠도 오지 않는다 감정은 부족한데 몸이 넘쳐난다 무엇을 할까 어디로 갈까 크레타섬 카리브해 노르웨이 숲 갑자기 이불을 걷어찬다 새벽잠을 포기하고 노트북을 연다 모니터에 접어둔 페이지를 검색한다 갑자기 핸드폰이 진동한다 출근 시간을 알리는 경고음이다 詩름에 빠져 몇 번 지각한 후로 새로 맞추어 둔 알람이다 게르마늄 목걸이가 목을 조른다 두통에 효과가 있다고 아내가 채워 놓은 족쇄다 그 후로 자꾸 악몽에 시달린다 옥상에서 추락한다 바지를 내리지 않고 소변을 본다 부르르 몸을 떤다 요즘 들어 부단히 손이 떨린다 왼손이 더 심한 걸 보면 게르마늄 팔찌가 분명하다 홈쇼핑을 맹신한 탓이다 나는 무작정 달리고 싶다 내 몸엔 보조 바퀴도 브레이크도 없다 원고청탁도 없는데 마감 시간에 쫓긴다 이제 거짓말 탐지기를 풀어 놓아야겠다

* * * * *

날마다 무엇인가에 쫓기며 산다. 오늘도 실체가 명확하지 않은 무언가에 쫓겨 온종일 허둥거리다가 겨우 잠자리에 들었다. 그것이 문학이라면 딱히 할 말은 없지만 반복되는 게 문제다. 처음엔 뭔가 부족하다는 느낌에서 출발했을 테지만 어느새 나를 집어삼킬 정도의 괴물로 변했다. 그것은 날마다 나를 엉뚱한 장소로 끌고 다닌다. 처음 본 낯선 곳인데 언젠가 왔던 것 같기도 하다. 동네인가 싶은데 해변이고 도시인가 싶은데 깊은 숲속이다. 그곳은 어둡고 광활하며 잡목이 널브러져 있다. 황홀함과 생경함이 동시에 느껴지는 그곳에서 나는 한순간도 가만히 있을 수 없다. 자투리 시간이라도 주어지면 스마트 폰을 들여다본다. 노트북 화면이라도 펼쳐야 안심이 된다. 급하게 화장실을 찾을 때도 책 쪼가리를 먼저 찾는다. 활자 중독뿐만 아니다. 길을 걸을 때나 전철을 탈 때도 마찬가지다. 심지어 잠자리에 들기 전 귓전에서 유튜브라도 웅얼거려야 잠이 잘 온다. 나는 그곳에서 ADHD 환자이다.

ADHD(Attention Deficit Hyperactivity Disorder)는 '주의력 결핍 과잉행동장애'라 불리는 증상으로 주로 아동기에 발생한다. 주의력이 부족하여 산만하고 과다활동, 충동성을 보이는데 전두엽 기능 저하로 인해 발생하는 것으로 보고 있다.

전두엽은 고차원적 인지 기능이 발현되는 두뇌 영역이다. 지루함을 참고 집중하거나 충동을 억제하고 미래를 계획하고 실행하며 인간관계를 유지하는 기능을 담당한다. 이런 증상을 가진 사람은 이야기에 집중하지 못해 상대방과의 대화가 매끄럽지 못한 경우가 많다. 자신만의 독특한 행동을 고집하여 사회생활에 지장을 초래할 수밖에 없다. 그들은 승부에 대한 집착이 강해 친구들과 자주 다투거나 따돌림을 당하기도 한다. 주변의 분위기나 환경을 생각하지 않고 자신의 의지를 관철하려 한다. 자기 행동을 제어하지 못하고 마음대로 행동하여 주위를 불편하게 만든다.

한마디로 사회성이 부족한 경우가 많다. 이렇게 쓰다 보니 어디서 많이 본 듯한 모습이다. 멀리 갈 필요도 없다. 그것은 바로 나의 모습이고 너의 모습이기도 하다. 이러한 주의력 결핍과 과잉행동은 정도의 차이만 있을 뿐 현대를 살아가는 우리 모두의 특성이기도 하다.

그들의 행동은 저절로 멈춰지지 않는다. 행동에 대한 동작 버튼이 없다. 생각을 멈출 수 있는 브레이크도 없다. 그렇다고 들리는 말을 모두 이해하는 것도 아니다. 그들은 상대방을 바라보고, 말을 듣고, 입술이 움직이는 것처럼 보이지만 처음 몇 마디 이후로 마음은 딴 세상에 가 있다. 호기심이 많아 엉뚱한 상상을 한다. 상대방과 대화하지만, 마음은 저 우주 공간을 유영하고 있다.

인류 발전에 공헌한 위인들 중에 ADHD 증상을 가진 사람들이 많다. 직관적이고 영감적인 특성이 있어 창의적인 천재를 만들기도 한다. 발명왕 에디슨, 음악의 신동 모차르트, 위대한 과학자 아인슈타인, 달변의 정치인 처칠 수상과 케네디 대통령까지. 이들은 신체적 활동뿐 아니라 정신적 에너지가 높은 편이다. 보통 사람들보다 더 큰 일을 수행할 에너지가 충만하다는 뜻이다. 보통의 상식으로는 이해하기 힘든 행동을 하여 다른 사람들과 어울리지 못하는 경우도 많다. 자신의 의지와 상관없는 그런 행동은 억압된 자아의 표현일지도 모른다.

새벽마다 벌떡벌떡 일어나는 건
관성에 따른 것인가
중력을 거스르는 것인가

멀쩡한 침대가 접이의자처럼 몸을 세운다

갑자기 심장 박동이 빨라진다
인공호흡기는 가쁜 숨소리를 낸다
산소 포화도가 적색등을 켠다

코드블루 코드블루

… 중략 …

형광등이 저절로 눈을 뜨고
비데는 스스로 물을 내린다

헤어드라이어가 요란하게 소리를 낸다
번호키는 재빠르게 현관문을 연다

형광등이 저절로 눈을 뜨고
비데는 스스로 물을 내린다
헤어드라이어가 요란하게 소리를 낸다
번호키는 재빠르게 현관문을 연다

잘못 입력된 알람 소리에
밤의 틈새가 더 벌어졌다

　　　　　　　　　　　　　　　　　－「코드블루」부분

　날마다 비상사태로 하루의 삶을 시작한다. 아침에 눈도 뜨기 전에 접이의자처럼 몸을 일으켜 세운다. 형광등을 켜자마자 내 몸은 스스로 화장실을 찾는다. 용변을 보는 시간마저 부족해 비데는 저절로 물을 내린다. 헤어드라이어가 머리를 손질하기 무섭게 현관문이 열린다. 온종일 비상 상황이다. 해가 뜨면 기상하고 어두워지면 잠자리에 드는 원초적 삶의 형태는 사라진 지 오래다. 네온사인이 밤을 밝히고 알람 소리가 새벽을 깨운다. 우리 사회는 과도한 긴장 상태에서 살고 있다.

　코드블루는 환자에게 심정지가 왔을 때 울리는 비상 알람이다. 중환자실이나 응급상황에서만 가능한 응급 페이징이다. 그런데 우리가 사는 모든 삶이 코드블루와 다를 바 없다. 그런 과도한 긴장 상태에서는 조그만 신호에도 삶의 질서가 완전히 무너져 버린다. 잘못 입력된 알람 소리에 휴일 아침마저 발칵 뒤집히고 마는 것이다. 이미 그런 삶의 방식이 몸속 깊이 각인되어 있기 때문이다.

현대인들은 새벽부터 밤늦게까지 일한다. 정해진 시간도 부족해 휴식 시간도 제대로 쉬지 못한다. 휴가 기간마저 맘 편히 보내지 못한다. 그렇다면 지금 하는 일들이 자기가 진정으로 원하는 일일까. 꼭 그렇지는 않을 것이다. 우리는 욕망의 중첩 속에 살고 있다. 자아실현이라는 그럴듯한 말로 포장하지만 우리 모두는 과잉 행동장애 환자이다.

그런 일상의 탈출을 꿈꾸었을까. 이번 휴가는 예년과 달리 일주일을 통째로 잡았다. 일반 직장인이라면 특별한 일도 아니겠지만 나에게는 특별했다. 지금까지 일주일 이상 직업전선에서 벗어나 본 적이 없었기 때문이다. 일상에서 벗어나니 모처럼 몸도 편하고 마음도 느긋했다. 그런 느낌이 드는 게 신기할 정도이다. 아무 일을 하지 않고도 충분히 지낼 수 있구나. 내가 없어도 세상은 아무렇지 않게 잘 돌아가는구나. 책 없이도 얼마든지 지낼 수 있구나. 일하지 않는다는 게 이렇게 편안하구나. 흐르는 강물처럼 일주일이 흘러갔다. 그렇게 일주일이 다 되어가자 다시 초조해지기 시작했다. 이러다 정말 일이 없어지면 어떡하지. 단골 환자마저 모두 떠나버리면, 내가 그토록 짝사랑하던 문학마저 나를 외면해버리면 누구한테 외로움을 하소연하지. 몸속 깊이 각인된 불안의 징후가 고개를 들고 나타났다. 나는 어느새 마음의 알람을 다시

켜고 있었다.

청진기로 비밀금고를 엿보다가

편의점에 나온 모형 권총을 샀다

방아쇠는 이미 당겨졌고

노란 알약은 편두통의 과녁을 명중하지 못한다

동행하던 벼락두통이 관자놀이까지 솟구친다

불면의 그림자가 천장에 박혀 있다

허기진 눈알이 나를 노려본다

은둔형 외톨이의 간식거리를 챙긴다

포만중추의 편집증이 나를 위무한다

잠복 중인 우울증이 사라졌다

－「사소한 징후들」 부분

얼마 전 뜻밖의 전화를 받았다. 까까머리 고등학생 시절 친구였다. 중후한 목소리의 그에게 반가움인지 외로움인지 감정의 결을 살필 틈도 없었다. 수십 년의 간극을 넘어 서로의 안부를 묻기도 어색할 지경이었다. 짧은 통화였지만 추억의 공유를 위해 노력했다. 키가 크고 행동반경이 넓은 그와 왜소하고 소심했던 내가 친구라는 게 신기할 정도였다. 졸업 후 몇 번의 조우. 그는 여전히 멋지고 센치한 가을 남자였다. 우리는 서로의 추억을 떠올리며 즐거워했지만, 마음 한편 씁쓸했다. 바짝 추워진 날씨 탓이라 생각했다.

그리고 며칠 후 SNS를 통해 접한 소식은 그야말로 청천벽력이었다. 바로 그 친구의 죽음을 알리는 부고였다. 순간, 휘청했다. 몸도 정신도 가눌 수 없었다. 묵직한 통증이 명치 끝에서 오랫동안 사라지지 않았다. 그럼 그때부터 자신의 죽음을 직감했던 것일까. 짧았던 통화내용을 수없이 리와인드했다. 분명 그는 몸이 아프다고 말하지 않았다. 차분한 어조와 흥겨운 말투 어디에도 그런 조짐은 보이지 않았는데, 마음의 지병이라도 가지고 있었던 것일까.

ADHD, 우울증, 공황장애, 알코올중독… 꼭 이럴 때만 의사로서 자의식이 발동된다. 상상을 넘어 구체적 추리까지 더해진다. 성인 ADHD는 충동성이 약한 대신 게임중독, 쇼핑중독, 도박중독, 알코올중독 등의 증상을 동반하는 경우가 많다. 부주의나 주의력 결핍 대신 우울한 기분, 심한 감정기복, 건망증 등을 호소한다. 쉽게 불안해하고 한 가지 일에 집중할 수 없을뿐더러 감정을 조절하기가 힘들다. 울분을 밖으로 드러내지 못하고 가슴에 품고 사는 현대인의 특성과도 유사하다.

얼마 후 그의 사인이 전해졌다. 놀랍게도 고독사였다. 늦게 결혼한 그 친구는 이혼 후 어린 자식들을 혼자 뒷바라지하며 살았다고. 게다가 사업까지 어렵게 되자 극도의 우울증에 시달렸다고 한다. 결국 술에 의존하며 근근이 살아가다가 혼자서 죽음을 맞이했다. 죽은 지 며칠이 지나고 나서야 발견된 고독사였다. 자살이 아니라는 게 묘한 안도감을 주었지만 얼마 전 고독사한 젊은 시인이 생각나 다시 한번 가슴을 쓸어내려야 했다.

나중에 안 일이지만 그에게도 여러 징후가 포착되었다. 그는 나한테만 전화한 게 아니라 다른 친구들과도 전화 안부를 나누었다. 전화 내용도 비슷했다. 까까머리 시절의 무용담과 추억이 전부였다. 그것이 외로움인지 우울감인지 아무도 눈치채지 못했을 뿐이다.

죽음이란 삶의 완결이지만 어떤 죽음은 서사의 중단이기도 하다. 이럴 땐 무엇이 위로될까. 거창한 문학이나 사회적 대책도 아무런 도움이 되지 못한다. 의학적 상담도 마찬가지다. 진심이 담기지 않은 의사의 처방이란 우울한 쪽지일 뿐이다. 세상을 맑게 하는 투명한 유리창이 자유롭게 하늘을 나는 새들에게는 치명적인 벽이 되기도 한다.

현시대를 살아가는 사람들에게는 정도의 차이가 있을 뿐 누구나 마음속에 병 하나씩 키우며 살아간다. 모두가 심리적 병증을 겪는 사회에서는 우리의 몸도 병들게 마련이다. 우리는 고독이라는 거대한 바위를 안고 살지만 조그만 돌멩이쯤으로 치부하고 만다. 모든 죽음은 고독사이고 그것은 사소한 징후로부터 출발한다. 어쩌면 우리는 모두 ADHD를 앓고 있는지도 모른다. 모두가 지병을 앓고 있기에 아무도 눈치채지 못하고 살아가고 있는지도 모른다. 가을빛은 점점 깊어 가는데 그와의 짧은 통화가 좀처럼 뇌리에서 떠나지 않는다.

물푸레나무 가벼운 목례처럼

아직 그곳에 살아 있다는 기척으로

조그맣게 일렁이는 햇빛에도
희미하게 떨어지는 빗방울에도
하나도 슬프지 않게 이파리를 흔들어 대는

깊은 산 속 말고
맘만 먹으면 언제든지 오를 수 있는
산행 초입에 오다가다 마주칠 수 있는

동네 어귀 산책길도 괜찮고
근린공원 목책 곁에도 상관없어

이제 봉분은 필요치 않아
표지석 하나 달랑 놓여 있는 평장도 좋지만

싱싱한 그림자는 새들에게 다 내어 주고
푸른 기억의 나무명찰을 달고 있는 영생목

뾰족한 이파리로 꼿꼿이 서 있는 소나무 보다
사시사철 나무 향기 진득한 잣나무 보다
낮은 울타리 명랑한 수종의 활엽수가 제격이야

조그만 바람에도 마음껏 휘어질 수 있는
물푸레나무 가벼운 목례처럼
아늑한 이파리의 고독사처럼

＊ ＊ ＊ ＊ ＊

　직업상 죽음은 늘 가까이에 있다. 의학적으로 죽음을 진단
하고 실제의 죽음과도 자주 접한다. 죽어가는 모습, 죽는 모
습, 죽은 직후의 모습은 모두 같은 듯 보이지만 모두 다르다.
모든 삶이 존엄하다고 전제한다면 모든 죽음도 존엄하다.

　늘 죽음과 가까이 지내기에 이제는 스스럼없다고 자부했
지만 동료 의사의 급작스러운 죽음은 나를 충격에 빠트렸다.
같은 지역에서 개원하여 오랫동안 깊은 교류를 나누었던 동
료의 죽음, 그리고 명절 연휴 빙부상, 그리 멀지 않는 간격의
두 죽음으로 한동안 힘든 나날을 보내야 했다. 오랜 병상 생
활로 어느 정도 이별을 예감했던 장인어른보다 동료 의사의
죽음이 훨씬 더 큰 충격이었다.

　미국의 심리학자 퀴블러 로스는 『죽음과 죽어감』(On Death
and Dying)에서 죽음은 부정, 분노, 타협, 우울, 수용의 5단
계를 거친다고 설명한다. 이 다섯 단계를 거치는 동안 환자
는 물론 가족들도 평온한 가운데 죽음을 맞이할 수 있다는
것이다. 이별 연습을 거치지 못하고 맞이한 갑작스러운 죽음
은 그래서 더 충격이 클 수밖에 없다. 이런 경우 더 충분한
애도 기간을 갖고 더 충분히 슬퍼해야 하지 않을까.

　그래도 산 사람은 살아야 하는가. 죽음의 그늘에서 완전히
빠져나오지 못한 채 서울 근교의 주말 산행을 계속했다. 초

여름의 산들은 온통 초록 옷으로 갈아입고 싱그러운 이파리를 살랑거렸다. 땀도 식힐 겸 인적이 드물고 바람이 잘 통하는 바위에 걸터앉았다. 그때 나무 명찰이 눈에 들어왔다. 자세히 보니 나무 명찰이 아니라 사람의 명찰을 달고 있는 수목장이었다. 녹음이 짙어가는 자연 속에도 죽음이 존재하는 것이다. 주위를 둘러보니 봉분도 여럿, 눈에 띄었다. 봉분의 형태가 없는 평장도 자리 잡고 있다. 물푸레나무들의 여릿한 손짓이 어른거렸다. 나무와 함께하는, 봉분 없이 자연과 잘 어울리는 수목장에 더 마음이 갔다.

나는 어느새 죽음에 동화되어 혼잣말을 읊조리고 있었다. 이런 산 중턱보다 산행 초입이 더 좋겠지. 너무 높게 자란 침엽수보다 이파리 우거진 활엽수가 제격일 거야. 조그만 바람에도 마음껏 휘어질 수 있는 물푸레나무처럼 오다가다 가벼운 목례라도 드릴 수 있으면 얼마나 좋을까.

그렇게 죽음 너머의 모습을 그려보는데 둔중한 슬픔이 다시 밀려왔다. 감정의 물기를 모두 제거하고 담담하게 살아가려고 애썼지만, 주위를 감도는 어둠의 그림자는 좀처럼 사라지지 않았다. 말끔히 씻겨 내려간 줄 알았던 슬픔의 잔재가 여전히 똬리를 틀고 있었던 것일까. 내가 나를 치유하는 심정으로 몇 편의 시를 쓰기도 했지만, 詩로 표현할 수 없는 내밀한 감정들이 여전히 가슴 속에서 일렁거렸다. 오래전에 썼던 추도문이 다시금 떠올랐다.

슬픈 자화상

갑자기 그가 쓰러졌다. 오전 진료를 마치고 잠깐 휴식을 취하는 사이 깊은 잠에 빠져들었다. 낮잠을 자기에는 조금 늦은 시간이었다. 오전 내내 환자를 보고 잠깐 오침을 취하는 경우가 있는데 그날은 달랐다. 간호사가 깨워도 전혀 반응이 없었다. 낯빛은 이미 흙빛이었다. 곧 119가 도착했다. 심폐소생술을 하며 대학병원으로 긴급 이송했다. MRI 사진을 본 담당 의사는 절레절레 고개를 흔들었다. 대량출혈이라 가망이 없다는 것이다. 뇌출혈로 쓰러진 지 1주 만에 그는 홀연히 세상을 떠나고 말았다. 같은 지역에 개원하고 있는 동료 의사 이야기다.

그는 나보다 세 살 연상이었지만 친구처럼 지냈다. 부드럽고 온화한 성품이면서 매사에 적극적이었다. 술도 잘 마시고 운동도 열심히 하고 지역 의사회 모임이나 학술 집담회에도 빠지지 않았다. 그는 한마디로 의사 모범생이었다. 친구처럼 때론 형님처럼 삶이 무엇인지를 보여주었는데 이번에는 죽음이 무엇인지를 보여준 것이다.

그의 급작스러운 비보에 곧바로 영안실을 찾았다. 그는 평소처럼 아무 일 없다는 듯 부드럽지만 슬픈 미소로 우리를 맞이했다. 너무 젊고 잘생긴 영정사진에 주체할 수 없는 눈물이 흘러내렸다. 내게도 형언할 수 없는 슬픔이 몰려오는데 유족들의 상심은 얼마나 클까. 상주가 된 어린 두 딸을 차마 마주할 수 없어 위로 한마디 건네지 못하고 총총 자리를 뜨고 말았다.

그는 올해로 개원한 지 만 20년 되는 동네의원의 내과 의사다. 병원이 잘되든 안 되든 한 장소에서 20년을 개원한 것은 매우 의미 있는 일이다. 오롯이 지역사회의 일원이라는 자부심으로 그 자리를 지켰을 것이다.

온 나라가 연휴에 들떠 있을 때도 그는 묵묵히 진료실을 지켰다. 징검다리 휴일이 연속돼 그날따라 환자가 많아서일까. 한 차례도 쉬지 못하고 온종일 환자를 보았다. 밀린 환자를 정리하고 약간의 여유가 생겨 한숨을 돌리는 사이에 그는 쓰러졌다. 그리고 끝내 일어나지 못했다. 방금 전까지 의사 가운을 입고 환자를 진료하던 그가 순식간에 중환자로 돌변했다. 의사로서 끝까지 진료 현장을 지키다 죽음을 맞이하게 된 것이다.

누구든지 직무와 관련된 일을 하다가 쓰러지면 산재 처리를 받아 보상받는다. 만약 직업 현장에서 죽음을 맞이하면 순직 처리를 받게 되어 있다. 하지만 진료 현장에서 환자를 진료하다가 죽음을 맞이한 동네 의사는 어떤가? 4대 보험을 꼬박꼬박 납부하면서 죽어서까지 환자를 걱정하면서도 순직 은커녕 산재 처리도 인정받지 못한다. 의사는 근로자가 아니라는 이유 때문이다. 그렇다면 달랑 간호조무사 두셋을 데리고 온종일 몸으로 때워야 하는 동네 의사는 어떤 소속감을 느껴야 할까. 이도 저도 아닌 동네 의사는 누구에게 하소연해야 할까. 슬프지만 엄연한 이 현실을 우리는 어떻게 받아들여야 할까.

장례식장을 찾은 문상객 모두 망연자실한 표정이었다. 같은 지역에서 개원한 동료 의사들 대부분이 자리를 함께했다. 모두 침통한 모습이었다. 그렇게 말 없는 추모의 시간을 보내고 일어서려는데 영정사진 속 그가 이렇게 속삭이는 것 같았다.

'김원장! 너무 착하게 살지 말고, 너무 열심히 일하지도 마시게. 이제 찬찬히 몸부터 살피시게….'

'네, 원장님! 더는 환자 걱정일랑 하지 마시고 편안히 쉬세요.'

나도 속울음을 삼키며 그에게 대답했다. 하늘이 먹먹하고 가슴이 답답해서 영안실 밖으로 뛰쳐나왔다. 발길이 떨어지지 않은 듯 아직도 집으로 돌아가지 못한 동료들이 삼삼오오 모여서 슬픔을 삭이고 있었다.

오월은 왜 이리 화창한가. 장미는 왜 이리 처연하게 피었는가. 세상은 도무지 변한 게 없어 보이는데 그만 없다. 집으로 오는 내내 나도 모르게 자꾸 말을 걸고 있었다.

더는 눈물 흘리지 않기를

어느 햇빛 맑은 날 부신 눈으로 만날 수 있기를

편안히 눈 감으시고 곤히 잠드시기를

부디 영면하시기를….

그리고 얼마 후.

"모든 일들은 아주 빨리 다시 시작되었다. 원고들. 이런저런 문의들. 또 이런저런 사람들이 하는 이야기들. 그리고 사람들은 저마다 자기가 원하는 것을 (사랑을 또 인정받기를) 가차 없이 얻어내려고 한다. 그녀가 죽자마자 세상은 나를 마비시킨다. 산 사람은 살아야 하는 거야. 라는 원칙으로." 롤랑 바르트가 『애도 일기』에서 말한 것처럼 세상은 아무 일도 없다는 듯 원래의 모습으로 되돌아갔다.

그동안 의료계에도 안타까운 소식이 많았다. 가장 기억에 남는 죽음은 故 윤한덕 응급의료 센터장과 임세원 교수이다. 과로로 순직한 전공의도 기억난다. 그들의 갑작스러운 죽음과 희생정신은 의료계뿐 아니라 전 국민에게 감동을 주었다. 나는 죽음 뒤에 감추어진 고귀한 희생정신을 접하며 의료인의 한 사람으로서 긍지와 자부심을 느꼈지만 의사로서 턱없이 부족한 자신을 살펴보는 계기가 되었다. 그들은 모두 자신의 죽음보다는 타인의 고통을 먼저 생각한다는 공통점이 있다. 비록 그들뿐이 아니다. 조그만 주위를 살펴보면 봉사정신이 투철한 의사들이 참으로 많다. 세상은 불공평하게 그들이 먼저 세상을 뜨고 만다.

일 년 만에 동료들과 함께 그의 묘소를 다시 찾았다. 그는 양지바른 그곳에서 그대로 잠들어 있었다. 묘지 주변도 자리를 잡아가고 있고 주변의 나무들도 튼튼히 뿌리를 내리고 있었다. 원래 거기 살았던 듯 슬픔이라곤 하나도 보이지 않았다. 세상일에 너무 휘둘리지 말고 살아가라고 생전의 그처럼 충고하는 것 같았다. 삶과 죽음은 다시 만나 셀카를 찍으며 즐거운 시간을 함께 보냈다. 우리 앞에 놓인 세월도 우리의 대화를 가로막지 못했다. 온화한 미소의 빛바랜 사진만 세월의 흐름을 증명하고 있었다. 우리는 한참 동안 자리를 뜨지 못하고 거기에 머물렀다. 이런저런 이야기를 하다 보니 새삼 인생의 무상함이 다시 밀려왔다.

올들어 지역 내과 의사회장직을 수행하고 있다. 의사면허 순으로 봉사하는 자리라 당연히 그가 예정되어 있었건만. 나는 취임 일성에서 그동안 까맣게 잊고 있었던 그를 추모했다.

나는 여전히 환자를 보고 간간이 시를 쓴다. 그동안 여러 부음을 들었고 죽음에 대한 감각도 그만큼 무뎌졌다. 죽음에 한 발짝 가까워질수록 나도 그만큼 늙어갈 테지만 삶에 대한 태도는 더욱 경건해짐을 깨닫는다. 자연은 다시 생동하는 봄을 준비하고 있다. 잔디는 푸름을 뽐내고 물푸레나무는 새로운 이파리를 싹 틔우려 하고 있다.

코로나블루

왕관을 쓴 바이러스가 세상을 지배하자 백성들은 머리를
조아렸다

사람들은 대문 앞에 나서기를 꺼렸고 땡볕에도 죄인처럼
복면을 벗지 못했다

유령처럼 그가 스쳐 지나가면 학교도 교회도 병원도 시름
시름 문을 닫았다

광장과 밀실, 숙주와 백신을 구별할 수 없어 믿음과 신뢰
모두를 살처분했다

대낮에도 환하게 불을 켜고 연결고리를 찾았지만 비밀의
정원은 찾을 수 없다

혼자 악수를 하고 혼자 샤워를 하고 젖은 옷을 서랍에 넣고
가만히 문을 닫는다

혼밥이 두려운 파랑새가 파란 하늘과 파란 정원과 파란 식탁을 닦고 또 닦는다

늘 이번 주가 고비라는 믿음으로 오늘의 현황판을 어제처럼 들여다본다

* * * * *

　온몸에 진땀이 난다. 목이 화끈거리고 연거푸 기침한다. 이마에 열이 나고 머리가 지끈거린다. 부랴부랴 동네의원을 방문한다. 연일 이어지는 스트레스에 환절기가 겹친 탓이리라. 마스크를 쓴 의사가 체온계로 열을 측정하더니 잠시 머뭇거린다. 난 도망치듯 진료실을 빠져나온다. 늙은 의사가 등 뒤에서 자꾸 내 이름을 부른다. 그 소리에 깜짝 놀라 잠에서 깨어 번쩍 눈을 뜬다. 아, 맞다. 우리 동네에 코로나 집단 감염이 발생했지. 부랴부랴 리모컨을 찾아 TV를 켠다.

　지구촌이 중병을 앓고 있다. 세상은 온통 코로나 물결이다. 조그만 불씨 하나가 들불처럼 번져 온 지구를 삼켜버릴 기세다.

　코로나 관련 소식으로 뉴스의 첫 화면과 마지막을 장식한 지 몇 달째인가. 제일 먼저 확인하는 것은 일일 확진자 수와 사망자 수. 내가 사는 지역에 확진자라도 나오면 이동 경로를 확인하는 일이 리추얼이 되어 버린 지 오래다.

　인터넷과 유튜브 등 기타 매체도 사정은 비슷하다. 마치 이 세상에 존재하는 단어는 코로나와 확진자, 병원, 의료진 밖에 없는 것처럼 대화 내용이 단순해졌다. 기저질환자니 음압 병실 같은 의학전문용어는 좌판 할머니나 일곱 살 어린아이까지 알 정도가 되었다. 날마다 예상하지 못했던 새로운 상황이 기다리고 있다. 정말 아침에 눈을 뜨기 두려울 정도다. 애써 외면하려 해도 귀와 눈, 모든 촉수는 곧바로 뉴스의 중심으로 돌아오고 만다. 텔레비전과 인터넷을 통해 전해지는 화면은 영화 〈눈먼 자들의 도시〉처럼 일순간에 도시의 질서를 마비시켜 버린다.

그것은 내가 종일 몸담은 동네의원도 마찬가지다. 환자와 의사 모두 마스크를 쓴 채 대화하고 진찰한다. 호흡기 증상이라도 호소하면 서로가 난감하다. 여행 경력을 묻고 체온을 잰다. 순간 긴장 상태 속에서 불안감이 밀려든다. 만일 코로나 확진이라도 받는다면. 불안은 꼬리를 문다. 환자의 동선에 따라 동네 전체가 마비될지도 모른다. 병원은 방역과 함께 곧바로 폐쇄된다. 환자와 접촉한 직원들 모두가 자가 격리에 들어간다. 향후 일정은 더욱 막막하다. 다행히 체온은 정상이다. 호흡기 증상도 호소하지 않는다. 우리는 서로에게 감사하며 어서 빨리 이 소동이 종료되었으면 하는 바람을 나눈다.

동네입니다.
박사들과 의사들은 도처에 있습니다.
이름을 불러봅니다.
병든 자들이 도처에 있습니다.
불행은 뿌리가 없습니다.
바이러스가 창궐합니다.

온몸에 열이 납니다.
불안이 거리를 뒤덮습니다.
꿈의 뜻은 구원입니다.
털이 없는 옷을 입는 겨울입니다.
고기가 없는 음식을 먹습니다.
소용없는 일입니다.
세상이 죄를 지어 만든 역병입니다.

— 이재훈, 「저에게 두 번째 이름을 주세요」 부분

(『시인동네』, 2020년 4월호)

역병의 원인을 인간사회의 내부에서 찾으려는 화자의 마음이 엿보인다. 박사들과 의사는 도처에 있지만 별 소용이 없다. 불행은 뿌리가 없기 때문이다. 자연 파괴에서 해답을 찾아 털이 없는 옷을 입고 고기가 없는 음식을 먹는다. 자연으로의 회귀를 통해 역병을 이겨내려 하지만 소용없는 일임을 깨닫는다. 결국 신에게 용서를 빌고 두 번째 이름을 부탁한다. 불안과 공포의 나날이 지속되고 희망의 싹이 보이지 않을 때 원시적이고 주술적 행위가 실제 문명사회에서 나타나기도 한다. 문학적 상상력은 가상하지만 전염병은 과학과 의학에 의해서만 정복할 수 있다.

질병 코드 U07.1인 코로나19. 정식 명칭은 2019-nCoV 급성 호흡기질환이다. 초기 증상은 기침, 오한 등 일반적인 감기 증상을 보이다가 폐렴이나 호흡부전 등 심각한 합병증을 일으켜 사망에 이를 수 있다. 바이러스의 외피를 감싸고 있는 돌기들이 왕관 모양과 비슷하여 이름 붙여진 코로나바이러스는 1930년대 처음 발견되었다. 이후 비슷한 모양의 관(冠)을 쓴 것 같은 바이러스들이 여러 동물에서 발견되었다. 사람에게는 1960년대 감기 환자의 시료를 조사하던 중에 처음 등장했다. 바이러스는 숙주의 힘을 빌어야만 생존하고 증식할 수 있다. 공기 중 전파 가능성에 대한 논란이 있지만 타액과 비말에 의한 감염이 정확한 표현일 것이다. 피부에서도 생존할 수 있지만 입, 코, 눈 등 점막 내에서는 좀 더 오래 살 수 있다. 영하의 날씨에서는 장기간 생존하지만, 날씨가 더워지면 생존 능력이 조금 떨어진다는 게 지금까지 알려진 정설이다. 안타까운 현실은 아직 코로나19에 대한 예방 백신과 치료제가 없다는 것이다.

가장 먼저 바이러스의 존재를 알렸던 중국 우한의 의사 리원량. 그는 세상에 처음으로 역병의 존재를 알린 뒤 공안에 끌려갔다. 유언비어를 퍼뜨려 사회 질서를 어지럽혔다는 이유에서였다. 훈계서에 서명하는 처벌을 받고 나서야 풀려났던 그는 코로나19에 감염돼 안타까운 생을 마무리하고 말았다. 그를 억압하고 통제했던 중국 정부는 똑같은 이유(코로나19의 존재를 세상에 최초로 알린 공로)로 열사 칭호를 추서했다. 그가 떠난 지 두 달 만이다.

그의 아내에 의해 세상에 알려진 그의 마지막 글은 읽는 사람의 가슴을 깊게 울린다.

나는 갑니다. 훈계서 한 장 가지고!

1985~2020

동이 트지 않았지만 나는 갑니다!

가야 할 시간, 나루터는 아직 어둡고, 배웅하는 이 없이 눈
가에 눈송이만 떨어집니다. 그립습니다. 눈송이가 눈시울을 적
십니다.

캄캄한 밤은 어둡고, 어두움에 집집마다 환하던 등불조차 떠
올릴 수 없습니다. 일생 빛을 찾았습니다. 스스로 반짝인다 자
랑했습니다. 온힘을 다했지만 등불을 켜지는 못했습니다. 여
러분 감사합니다. 어젯밤 눈바람 무릅쓰고 나를 보러 왔던 여
러분! 가족처럼 저를 지키며 밤새 잠 못 이루던 여러분 감사합
니다. 하지만 연약한 인간에게 기적은 일어나지 않았습니다.

나는 본디 평범하고 보잘것없는 사람입니다. 어느 날 하느님
이 나에게 그의 뜻을 백성에게 전하라 하셨습니다. 조심스럽게
말했습니다. 그러자 누군가가 나에게 태평한 세상에 소란 피우
지 말라며, 도시 가득 화려하게 피어 있는 꽃이 보이지 않느냐
고 말했습니다!

－중략－

이번 생애 태산보다 무겁기를 바라지 않았습니다. 새털처럼
가볍기를 두려워하지도 않았습니다. 유일한 바람은 얼음과 눈
이 녹은 뒤 세상 모든 이가 여전히 대지를 사랑하고 여전히 조
국을 믿기를 희망합니다. 봄이 와 벼락이 칠 때 만일 누군가
가 나를 기념하려는 이가 있다면 나를 위해 작디작은 비석 하

나 세워주기 바랍니다! 우람할 필요 없습니다. 내가 이 세상을 왔다 갔음을 증명해 줄 수만 있으면 됩니다. 이름과 성은 있었지만 아는 것도 두려움도 없었다고.

내 묘지명은 한 마디로 충분합니다.
"그는 세상의 모든 이를 위하여 말을 했습니다(他爲蒼生說過話)."

전염병은 심리학에서 시작해서 수학의 단계를 거쳐 의학으로 마무리된다고 한다. 심리학의 단계에서는 유언비어가 난무하고 가짜 뉴스가 극성을 부린다. 불안과 공포가 극대화되어 사회적 활동이 위축된다. 통계학으로 진입하는 수학의 단계에 이르러서야 감염의 숫자를 파악하고 환자의 동선을 확인하게 된다. 감염에 대한 역학이 밝혀지고 백신과 치료 약이 개발되어 일상으로 복귀하는 시기가 비로소 의학의 단계다. 현재 우리 사회는 심리학과 수학의 중간단계 정도에 머물러 있는 것 같다. 아직 가야 할 길이 막막하다.

공연히 화가 치밀고 짜증이 난다. 가슴이 뛰고 불안해진다. 그동안 못 읽은 책이나 마음껏 읽어야지 마음을 다지지만, 아무것도 손에 잡히지 않는다. 온몸에 열이 나는지 정신이 혼미하고 집중력이 떨어진다. 나는 결국 무기력증에 빠지고 만다.

이른바 코로나 블루다. 코로나19로 인한 스트레스를 외국에서는 '코로나 트라우마'라고 더욱 과격하게 표현하는 걸 보면 코로나 블루는 결코 과장된 표현이 아니다.

세계 여러 도시들의 상황은 더욱 심각하다. 간호사는 방호복이 없어 쓰레기봉투 비닐을 뒤집어쓰고, 의사는 밀려드는 환자로 카메라 앞에서 비명을 지른다. 장의사들은 밀려드는 시신들 앞에 주저앉아 있고 대형 회의장은 입원실로 개조되었다. 아름다운 센트럴파크 한복판에 야전병원이 설치되고 냉동 트럭에 시신을 안치하고도 모자라 하트섬에 무연고자 시신을 집단 매장한다. 이게 영화의 한 장면이 아니고 실제 상황이라는 게 믿어지지 않는다. 보이지도 않고 만져지지도 않고 부피조차 없는 바이러스로 온 세계가 무너져 내리는 모습을 무력하게 바라볼 수밖에 없는 인간의 나약함, 그 누구도 경험해 보지 못한 전대미문의 상황 그 한계를 절감한다.

도시 전체가 외부로부터 완벽히 차단된다. 모든 것이 봉쇄된 상황에서 바이러스는 더욱 기승을 부리고 도시는 커다란 혼란에 빠진다. 의료진과 환자는 질병과 사투를 벌인다. 많은 희생자를 남겼지만 결국 바이러스는 퇴치되고 도시는 해방의 기쁨에 휩싸인다. 카뮈의 소설『페스트』의 결말처럼 바이러스의 종말을 기대해 본다.

이렇게 꿈 아닌 꿈을 꾸는 사이, 어느 날 문득 봄이 내게 말을 건넨다. 세상의 어긋난 틈새로도 봄이 오듯 우리의 삶은 지속되어야 한다고. 아무리 고달픈 현실일지라도 어김없이 꽃들은 피어난다고. 바이러스는 아랑곳하지 않고 퍼져나가지만 부대끼면서도 멈출 수 없는 게 우리의 일상이다. 하지만 인정사정없는 바이러스는 인간의 삶의 형태마저 바꾸어 놓았다.

텅 빈 거리, 텅 빈 시장, 텅 빈 극장, 텅 빈 식당, 텅 빈 캠퍼스, 텅 빈 공항…. 그토록 인파에 가득 찼던 장소들이 유적지처럼 황량하게 변해버렸다. 결혼식은 미뤄지고 장례식은 빈소 없이 치러진다. 사회적 거리두기의 일환으로 악수 대신 주먹 인사를 하고 쉴 새 없이 손을 씻는다. 온라인으로 원격 수업하고 공적 마스크를 사기 위해 약국 앞에 길게 줄을 섰던 이 혹독한 봄을 잊을 수 없을 것 같다. 모든 사람을 온라인이라는 가상 세계에 끌어들여 놓았던 봄. 마치 재난 영화의 한 장면처럼 흘러갔던 2020년의 봄을 먼 후일 어떤 모습으로 기억할까.

이 글을 쓰는 동안 동료 의사의 부음을 접했다. 코로나19 환자를 진료하다 감염돼 결국 사망한 동네 의사의 가슴 아픈 소식이 그것이다. 그에 대한 추모 물결이 이어지고 있지만 이번에도 부인과의 인터뷰만 전해질 뿐이다. '친절한 의사'로 살아왔던 남편에 대한 기억을 동료 의사들에게 전하고 싶다며(故 허영구 원장) 이름을 공개하는 것도 허락했다.

그녀는 "히포크라테스 선서처럼 변함없이 의사로서 열심히 살아간 남편에게 고맙고 감사하다."라며 "주변 많은 지인이 남편을 좋게 기억해주는 것에 힘을 얻고 앞으로 살아가려 한다."라고 말했다.

2020년 4월의 첫 주말 정오, 나는 의사협회에서 정한 시간에 허영구 원장님께 묵념했다. 삼가 고인의 명복을 빌고 진심으로 유가족을 위로했다. 그리고 코로나19에 희생된 모든 영령께 묵념을 드렸다. 죽음의 왕관이 빨리 물러갔으면 하는 바람뿐이다.

인턴X

1

심장을 도둑맞은 사내가 메뚜기처럼 헐떡거린다 알람 소리
에 맞춰 가파른 혈관 벽을 오른다 발기한 새벽이 네온등을 깨
운다 푸른 정맥처럼 반짝이던 입간판이 일순간에 스러진다
퉁퉁 불은 라면 가닥으로 텅 빈 아침을 채우고 무너진 옆구리
를 삽질한다 도미노의 시작과 끝은 한결같다 쓰러진 저녁을
성냥개비처럼 다시 쌓는다 마지막 알약을 털어 넣고 물타기
를 시도한다 하얀 바리움이 만신창이의 하루를 위로한다 잠
잘 때는 귀신 먹을 때는 걸신 일할 때는 등신, 차트를 움켜쥔
삼신(三神)이 황급히 병동을 탈출한다

2

그 X 파일이 사라졌다
명문가 여식의 소파수술 내역도
미모 여배우의 프로포폴 투약기록도
감쪽같이 사라졌다
병원 전체가 술렁거렸고
환자들은 불안에 떨기 시작했다

프로포폴 그 하얀 주사처럼
소문은 전혀 다른 병을 만들어 냈다
싱싱한 이파리는 미동도 하지 않는데
죽은 가지만 심하게 흔들렸다

누가 가위손을 가졌는지
누가 조막손을 가졌는지
끝끝내 입을 다문 채
그도 전지가위를 들기 시작했다

* * * * *

심장을 도둑맞은 시절이 있었다. 인턴 시절 나의 심장은 병원에서만 펄떡거렸다. 달달한 사랑으로 뜨거워지거나, 윤기 흐르는 감성의 차도르를 쓰고 내면을 탐구하는 심장은 존재하지 않았다. 가족의 안부나 어린 시절의 향수, 애증이나 정념 같은 단어는 뇌의 저장목록에서 사라졌다. 나의 심장은 알람과 함께 시작하여 만신창이의 하루를 마감할 때까지 오로지 병동에서만 펄떡거리며 존재했다.

인턴이란 회사나 기관 등에서 정식 구성원이 되기 전에 일정 기간 훈련을 받는 사람을 말한다. 인턴은 어느 때 어느 곳에서든 있어야 하고 무슨 일이든 해야 한다는 뜻이다. 흔히 의과대학을 졸업한 뒤에 임상 실습을 받는 첫 1년 동안의 과정에 있는 수련의를 일컫는다. 인턴 삼신(三神)이란 말이 있다. 잠잘 때는 귀신, 먹을 때는 걸신, 일할 때는 등신이라는 뜻으로 병원에서 은어처럼 사용하는 말이다.

전설처럼 전해 내려오는 인턴 시절 일화들은 부족한 잠과 관련된 경우가 많다.

그는 노력형이지만 아침잠이 많은 편이었다. 임상병리과 인턴 시절, 이른 새벽에 채혈한다는 게 그에게는 늘 부담이었다. 알람을 켜 놓기도 하고 동료들에게 부탁하기도 했지만 번번이 시간을 놓치는 경우가 많았다. 급하게 피를 뽑다 보니 실수하는 예도 잦았다. 그의 명석한 두뇌는 한 가지 잔꾀를 생각해 냈다. 잠들기 전에 채혈해 놓으면 실수도 하지 않고 잠도 푹 잘 수 있을 거라는 생각이 번득 머리를 스친 것이다. 늦은 밤 그는 잠자는 환자들을 깨워 채혈했다. 많은 불평이 쏟아졌지만 빠른 결과를 위해서 조금의 불편은 감수해야 한다고 환자들을 설득했다. 정작 문제가 발생한 것은 다음날이 되어서였다. 하룻밤을 지낸 혈액이 아침이 되자 모두 응고해 버린 것이다. 그는 호된 질책과 함께 환자들께 백배 사죄한 뒤 다시 채혈해야만 했다.

대부분 인턴이 부족한 잠에 시달리지만, 불면으로 고통받는 때도 있다. 병원 내의 불편한 기억은 하룻밤이 지나면 깨끗이 지워져야 한다. 그것은 잠으로만 가능한 일인데 만일 그런 기억을 지워내지 못한다면 다음 날의 업무는 불가능할 것이다. 하지만 극심한 스트레스에 시달리다 보면 도저히 잠을 못 이루는 일도 있다. 이런 날이 겹치다 보면 결국 불면증으로 이어진다. 이럴 때 불안감도 줄여주고 잠도 푹 잘 수 있는 약이 바로 바리움이다. 물론 이 약은 향정신성 의약품으로 분류되어 엄격하게 관리하기 때문에 타이레놀처럼 쉽게 구할 수 있는 약이 아니다. 이런 사실을 잘 알고 있는 어느 인턴은 병동에 있는 약을 한 알씩 먹기 시작했다. 이런 비행이 잦아지다 보니 처방 약과 조제약 사이에 갭이 발생했고 마침내 한바탕 소동이 벌어졌다. 결국 그는 응분의 처벌을 받고 정신과 상담까지 받았지만 그 약에 대한 의존성은 오래도록 지속되었다.

나 역시 잠 때문에 겪은 해프닝이 있다. 그날도 고단한 업무를 마치고 설핏 잠이 들었는데 전화벨이 요란하게 울렸다. 잠결에 전화를 받은 나는 상대방의 말을 도무지 알아들을 수가 없었다. 한참 비몽과 사몽 사이를 헤매다가 결국 수화기를 떨어뜨리고 말았다. 수화기 저편에서 여자의 긴박한 목소리가 들리는가 싶었지만 영혼은 이미 몸을 이탈한 지 오래였다. 나는 블랙홀 같은 저승 잠에 빠져들었다. 밤새 악몽에 시달리다 새벽 알람 소리에 반쯤 정신이 돌아와서야 지난밤 일이 어렴풋하게 떠올랐다. 응급 호출기 같은 전화 수화기에선 여전히 어젯밤의 목소리가 들리는 것 같았다. 그날은 하필 신혼 초인 아내의 생일이었다. 아내는 혹시나 하는 마음으로 축하의 말 혹은 위로의 말을 기대했지만 온종일 전화 한 통 없는 남편이 야속하기만 했다. 휴대폰이 없는 시절이니 저녁까지 기다린 끝에 겨우 용기를 내었는데 전화를 받은 남편은 횡설수설하는 것이 아닌가. 해독 불가한 대화에 놀라 큰 소리로 이름을 부르고 소리쳐도 아무런 대꾸가 없었다. 무슨 사고가 난 게 아닐까 초조했지만 더는 연락할 방법이 없었다. 겁이 더럭 난 아내는 급기야 인턴 숙소까지 찾아왔다.

　와서 보니, 남편은 '잠잘 때는 귀신'이라는 말에 걸맞게 정신없이 곯아떨어져 자는 것이 아닌가. 태평하게 자는 남편을 보는 순간 화가 머리끝까지 치밀었지만, 그냥 발길을 돌렸다. 깊은 잠에 빠진 그 짠한 모습을 보고 도저히 깨울 수 없어 그대로 돌아갔다는 것이다.

조금 더 낭만적인 신혼 이야기도 있다. 때는 초겨울, 제법 소담스러운 첫눈이 펑펑 쏟아지고 있었다. 며칠 동안 당직이 겹쳐 집에 들어가지 못한 터라 눈이 내린다는 사실조차 모르고 아침부터 수술 방 무영등 아래 꾸벅꾸벅 졸고 있는 인턴한테 갑작스러운 전화가 걸려 왔다. 수술실 전체가 바짝 긴장했다. 보통 급박한 일이 아니라면 수술실까지 연결되었을 리 만무했기 때문이다. 하지만 수술복을 입고 수술을 보조하는 인턴에게 전화를 바꿔 줄 순 없었다. 전화를 받던 간호사가 조심스럽게 말했다.

"지금 수술 중이라 통화할 수 없습니다. 급한 일이 아니면 조금 있다가 다시 전화하면 안 되겠습니까?"

한참을 망설이던 그 신혼의 인턴 선생 아내가 머뭇거리면서 말했다.

"지금 밖에 눈 와요…" 첫눈 오는 날 수술실 전체를 웃음바다로 만들어 버렸던 그 짠한 말.

요즘처럼 휴대폰이나 SNS가 없는 시절 목소리로만 사랑을 확인했던 그 말은 아날로그 시대의 마지막 낭만이 아니었을까.

인턴이라고 해서 무작정 수동적인 존재는 아니다. 치열한 삶 속에서도 인간성을 잃지 않고 전쟁 같은 수련의 시절에도 사회정의를 실현하려는 흔적들은 얼마든지 많다.

미국 의료계를 신랄하게 파헤친 『인턴X』가 우리나라에 소개된 것은 1980년대 초이다. '닥터X'라는 익명으로 자신의 인턴 생활을 빠짐없이 녹음하여 마침내 1권의 책으로 묶어 냈지만, 아직도 그 실명을 공개하지 않고 있다. 병원에서 발생하는 각종 의료사고, 약물중독, 안락사 등을 냉정하게 조명하는 한편 의사들의 은밀한 실수까지 적나라하게 드러나 있다.

7월 2일 시작하여 이듬해 6월 30일 마치는 날까지 만 일년 동안 하루도 빠지지 않고 일기형식으로 써 내려간 이 책은 비밀로 가득한 의료계의 관행을 고백함으로써 의사들에게는 생명의 소중함과 사명감을 일깨워주고 환자들에게는 의사의 고뇌와 열정을 이해하게 하는 메시지를 전달하고 있다.

이 책이 발간된 당시인 1960년대, 그리고 내가 인턴으로 수련을 받던 1980년대 후반, 그로부터 30년이 지난 지금, 이 순간까지도 인턴은 병원에서 궂은일이지만 꼭 필요한 일을 도맡아 하고 있다. 비록 의사로서 역할은 미미할지라도 사명감과 의무감으로 똘똘 뭉친 존재들이다.

응급실은 인턴들이 반드시 거쳐야 하면서도 근무하기 힘든 곳이다. 그러나 뭐니 뭐니 해도 인턴의 꽃은 역시 응급실 근무가 아닐까. 질병이 시대를 증명하듯 응급실도 세태를 반영한다.

내가 인턴이던 해는 위대한 보통 사람의 시대가 펼쳐지던 시기였다. 급속도로 경제가 팽창하면서 보통 사람들도 자동차를 몰기 시작했고 부동산 졸부들이 속속 탄생했다. 연탄가스 중독 환자들이 감소한 반면 교통사고 환자와 음독자살 환자들이 급격히 늘어나는 시기였다. 지금은 가장 흔한 질환이 되었지만, 당시엔 흔치 않던 심근경색 환자가 심심찮게 응급실을 방문하여 인턴을 긴장시키기도 했다.

인턴 시절 가장 곤란한 경우가 이미 사망한 채 응급실에 도착한 환자이다. 누가 봐도 사망한 환자를 의사의 선고가 있기 전까지 보호자는 절대 인정하지 않으려 한다. 그렇다고 아무런 조치도 하지 않고 매정하게 사망 선고를 했다가는 멱살을 잡히기 십상이다. 심장 음을 청취하고 맥박을 확인하고 동공 빛 반사를 확인하고 심폐소생술을 시행한 후 조심스럽게 사망 선고를 해야 하는 것이다. 이제 이런 일도 삼시세끼처럼 익숙해질 때쯤 인턴의 세월도 점차 종착역을 향해 달려가는 것이다.

세상의 질병을 모두 치료할 것 같은 자만심으로 출발하였지만 사실상 자기가 치료할 수 있는 질병이 아무것도 없다는 사실을 깨달을 즈음 인턴 시절도 서서히 저물어 간다. 이때쯤 자기가 공부하고 싶었던 과를 선택해 또 한 번의 도전을 한다. 힘든 여정을 함께 했던 동료들이 선의의 경쟁자가 되어 그동안의 실력을 평가받는다. 그렇게 계속 공부할 사람은 남고 떠날 사람은 떠나겠지만 어디서든 지난 1년 세월을 쉽게 잊지는 못할 것이다. 돌이켜보면 너무나 가슴 벅찬 시간들, 삶과 죽음이 뒤엉켜 연출해 낸 드라마 같은 순간들, 고통과 보람이 뒤엉킨 기억들을.

의사들은 도제 시스템으로 의료 시술을 연마하고 공부한다. 마치 손기술을 익히는 장인들처럼. 그래서 수련의 시절에는 도저히 선배 의사의 벽을 넘지 못하는 것이다. 마치 문학의 원년처럼.

여기저기 기웃거리다
근본 없이 태어났다
돌이켜 보면 즐거운 상상보다는
고통스러운 기억뿐이다
누구든지 출생의 비밀 하나씩
간직하기 마련이지만
무녀 같은 직감으로 즐겁게 출발하여도
빈곤한 내 상상력으로는
하룻밤을 지새우기도 버겁다
돌부리 같은 영감 하나 발부리에 채이면
몇 날 며칠 시름시름 앓기도 한다
병마처럼 엉겨 붙은 루머의 씨앗을 찾아
얼룩진 육신 여기저기를 타진한다
詩란 우연한 소문으로 태어난 것일 뿐
거기에 아무런 의미도 없다
여전히 수치심뿐인
신원미상의 붉은 핏덩이 하나
투명한 유리관에서 숙성 중이다
—「인큐베이터」 전문, 『히스테리증 히포크라테스』

삶에도 인턴 시절 같은 숙련의 시간이 있다면 좀 더 성숙하고 세련된 인생으로 완성될 수는 있겠지만, 숱한 실패담과

웃지 못할 에피소드를 수없이 생성해 낸 인턴 시절이야말로 히포크라테스 선서에 근접한 순수의 시대가 아니었을까.

인턴은 의사의 꽃이라고 말한다. 의사로서 한계와 자괴감도 처음 맛보지만 의사로서 자부심과 사명감도 처음으로 느껴 보는 시기이다. 지금 그렇게 치열하게 살라고 하면 손사래를 치며 거부할 테지만 가끔은 천방지축의 젊은 시절이 그립기도 하다. 사람의 기억이란 시간이 흐르면 퇴색되고 무뎌지기 마련이지만 오히려 시간이 지날수록 더 선명해질 때도 있다. 그것이 바로 초심을 간직한 의사, 인턴시절이다.

히포구라테스 선서

이제 의업(疑業)에 종사할 허락을 받음에,

나는 고객의 외모와 재력을 첫째로 생각하겠노라.

보증인의 지갑 상태를 고려해 과업을 착수하겠노라

내정의 비밀을 간파해 의업(疑業)의 편법과 사이비 정신을 계승하겠노라.

나는 동업자를 원수처럼 시기하고 모함하겠노라.

학연 지연 혈연 피부 색깔 등을 고려하여 오직 목 좋은 곳을 골라 착취 의무를 지키겠노라.

나는 인간의 생명을 그 수태된 때로부터 지상의 것으로 간주해 수탈하겠노라.

비록 모욕을 당할지라도 해박한 나의 지식을 돈벌이에 어긋나지 않게 철저히 위장하겠노라.

이상의 서약을 나의 욕망의 그래프로 나의 공명심을 받들어 실천하겠노라.

* * * * *

　풋풋한 새내기 의과대학 시절은 히포크라테스 선서와 함께 시작했다. 은사를 존경하고 환자를 존중하며 의사의 명예를 지키겠노라고. 하지만 그 각오는 그리 오래가지 못했다. 의사의 삶이란 먼 훗날 이야기일 뿐 당장 눈 앞에 펼쳐진 현실이 고달팠다. 더군다나 경쟁에 길든 사회에서는 쉽게 납득이 가지 않는 대목이 많았다. 유독 잊히지 않는 구절은 '동업자를 형제처럼 사랑하라' 이다. 학창 시절 동업자란 말도 귀에 거슬렸거니와 가슴에 와닿지 않았다. 동기 간에 우애하라는 부모님의 충고처럼 강조의 의미가 있을 것으로 생각했다. 의과대학생에게 가장 큰 고민은 역시 학업에 대한 부담일 것이다. 특히 해부학은 우리를 괴롭히는 단골 스트레스 중 하나였다. 그때 나를 위로했던 건 히포크라테스 선서가 아니라 의과대학 정문에 활짝 핀 백목련이었다.

　얼마 전 흥미로운 드라마 제목이 눈에 들어왔다. 낭만닥터 김사부. 나는 솔깃했다. 저 의사는 틈나는 대로 책을 읽고 진료의 여백을 낭만으로 채우려는 것일까? 낭만닥터 김원장이 되고 싶은 나는 드라마 속 김사부를 주시했다. 하지만 그게 아니었다.

　김사부는 자기가 살릴 수 있는 환자의 죽음으로 심한 자책감에 시달리다 결국 시골의 초라한 돌담병원에 은둔한다. 낭만닥터를 자칭한 이 괴짜 의사는 일반외과 흉부외과 신경외과의 트리플 보드를 달성한 국내 유일의 천재 외과의사다. 그는 지역의 모든 고난도 수술에 성공하며 다시 명성을 얻는다. 하지만 명성 후에 그를 기다리는 것은 돌담병원을 폐쇄하려는 거대한 음모뿐이다.

탄탄한 스토리에 디테일한 묘사 등으로 시청자들에게 큰 반응을 불러일으켰지만 의사들은 시큰둥했다. 현실적으로 가능성이 희박하기 때문이다. 현재 대한민국의 의료 제도에서 정직한 의사는 설 자리가 없다는 것이 현실인데 과연 '김 사부와 돌담병원'은 살아남을 수 있을까? 만약 히포크라테스가 이 드라마를 보았다면 무슨 생각을 할까.

이 시대가 요구하는 명의에 대하여 고민하던 중 '명의'라는 프로그램을 보게 되었다. 국내 최고의 권위와 실력을 갖춘 명의를 소개하고 그 질병에 대한 정보까지 알려주는 교육방송이다. 의술을 연마하기 위해 부단히 노력하고 성심껏 환자를 대하는 모습을 보며 명불허전이란 말이 괜히 생겨난 것이 아니라는 생각이 들었다. 대학 교수와 동네 의사를 단순 비교할 순 없을지라도 게으른 나 자신을 반성하고 직업의식을 일깨우는 계기로 삼곤 했다. 그런데 유명가수를 죽음으로 내몬 유명의사를 보고 명의에 관한 생각이 바뀌기 시작했다. 허명보다는 직업윤리에 충실한 의사가 진짜 명의라는 생각을 하게 된 것이다. 매스컴을 타는 유명의사가 아니라 진료

실을 굳건히 지키며 자기의 직분을 다하고 있는 의사가 진정
한 명의가 아닐까?

오래전 거룩하게 살았던 청진기는 급속히 성능을 잃어갔다
아직까지 한 번도 마우스를 놓지는 않았지만 펜티엄급 증상을
전혀 분석하지 못한다. 모세혈관처럼 얽혀버린 수포성 잡음은
세상의 먼지와 적당히 버무려져 예스맨의 안경처럼 흐려졌다
모니터에 비친 눈물의 농도로 슬픔의 질량을 측정할 수 없다
주름진 협곡을 샅샅이 뒤져도 버려진 양심을 찾을 수 없다 다
크서클은 광대뼈까지 닿아있고 기름진 아랫배는 사타구니 계
곡까지 흘러내렸다

무사히 수술을 마쳐 이제 안심해도 좋다고 말했다 원래부터
그 병은 존재하지 않았지만 재발하지 못하도록 뿌리를 잘라버
렸다고 했다 촘촘히 잘 꿰매서 더 이상의 비명은 새 나갈 틈이
없지만 흩어진 구름들이 장대비를 만들 수도 있다고 기록했다
비와 눈물은 원래부터 한통속이라 도무지 구별할 수 없었다
                              ─「명의」부분,『청진기 가라사대』

의사로서 가장 기본적인 책무는 환자 진료이다. 그런데 가
끔 본분을 망각하고 자기 홍보에만 집중하는 의사들을 볼 때
가 있다. 무분별하게 방송매체에 출연해 의학적 근거가 없는
치료법을 소개하고, 이를 마케팅 수단으로 삼는 일이 자주
발생하고 있다. 이른바 '쇼닥터'가 그들이다. 그들은 전문직
업인으로서 윤리와 신뢰성을 포기한 채 오로지 사익을 추구

하는 데 급급하다. 자신의 이익을 위해 그릇된 정보마저 서슴지 않는 모습은 예나 지금이나 변함이 없는 것 같다. TV를 보면서 크로닌의 소설 '성채'의 한 대목이 떠올랐으니. 실제 의사이기도 했던 크로닌은 그의 자전적 소설에서 비윤리적 의사들을 이렇게 꼬집었다.

> 나는 갑자기 혐오감을 느끼기 시작했어. 요즘 일을 그만두려고 생각하고 있다네. 이 주변에는 이리 같은 존재가 지나치게 많아. 그야 물론 좋은 일을 하고, 정직하고 훌륭하게 의사노릇을 충실히 하는 사람도 적지는 않지만, 그러나 그 이외의 사람들은 모두 이리와 다름없어. 필요도 없는 주사를 놓아주기도 하고, 조금도 장애가 안 되는 편도선이나 맹장을 도려내기도 하고, 서로 짜고서 마음대로 환자를 농락하여 치료비를 절반씩 나누어 먹기도 하고, 낙태 수술을 뻔질나게 하고 괴상한 과학 요법의 후원이나 하고 있어. 즉 끊임없이 돈만 긁어모으려고 쫓아다니는 이리들이야.

동서고금을 막론하고 '이리 같은' 의사는 늘 존재했다. 세월이 지나면서 진료실 풍토는 많이 변했지만, 여전히 사악하고 야비한 의사는 존재하기 마련이다. 그렇기에 의사의 윤리란 아무리 강조해도 지나치지 않는다. 비단 의사뿐이 아니다. '이리 같은' 환자도 있다. 남을 배려하지 않는 행동 때문에 진료실에서 골머리를 앓고 있는 경우가 많다. 진료 중에 스마트폰으로 문자를 주고받기는 예사이고, 게임에 팔려 진료에 집중하지 못하는 경우도 허다하다. 심지어 내진 중에도 통화를 하는 바람에 한참을 기다려야 했다고 불평을 토로한 산부인과 의사도 보았다. 이뿐이 아니다. 혹시 모를 의료사고에 대비해 치료 과정을 모두 스마트폰으로 찍는 환자도 있다고 한다. 진료실 예절은 의사에게만 요구되는 사항이 아니라 환자에게도 똑같이 필요한 에티켓이다.

그동안 내게도 수많은 위기가 찾아왔다. 환자와의 갈등, 문학에 대한 갈증, 의료사고에 대한 고민 등 어느 한순간도 맘 편하게 지내지는 못했다. 시련이 닥칠 때마다 의사로서 양심을 지키려고 노력했지만 정작 실천에 옮기지는 못했다. 아직도 의사로 살아야 할 시간이 많은 나로서 늘 고민이 되는 대목이다.

의사는 신이 아니다. 의사는 주어지는 과정을 이수하고 자격을 취득한 직업인일 뿐이다. 그런데 유독 의사에게 높은 도덕성과 정직성을 요구하는 이유는 의사가 행한 일체의 의료행위가 환자의 생명을 담보로 하기 때문일 것이다.

환자의 입장에서 보면 그 사실은 더욱 명백해진다. 아픈 사람들에게 의사란 신에 버금가는 위대하고 절실한 존재로 비치기 때문이다. 의사는 고도의 숙련을 필요로 하는 전문직이다. 따라서 전문적인 직무규범과 자율 규제를 바탕으로 높은 수준의 직업윤리를 유지해야 한다. 그러기 위해서 의사는 평생 공부하고 끊임없는 자기 검열을 수행해야 한다. 하지만 의사의 윤리를 망각한 일들이 비일비재하다.

언젠가 해부용 시신 앞 인증샷 논란이 뜨거웠다. 일부 의사들이 해부용 시신의 일부가 노출된 사진을 촬영한 후 자신의 SNS에 게재한 것이다. 인체 모형 대신 실제 시신을 텍스트 삼아 공부하는 것은 의과 대학생이나 의사만이 누릴 수 있는 혜택이다. 의료라는 숭고한 사명을 감당하라고 하늘이 내린 특권일지도 모른다. 그래서 해부학 실습을 할 때마다 감사의 기도를 올린다. 시신을 기증한 고인에 대해 예의를 갖추는 것이다. 이런 의사의 기본 윤리를 망각하고 인증샷을 찍는다는 것은 도저히 묵과할 수 없는 범죄 행위이다. 결국 인증사진을 찍은 의사들에게 과태료 처분이 내려졌다. 이들에게는 '시체 해부 및 보존에 관한 법률' 위반 혐의가 적용됐다. 시신을 해부하거나 시신의 전부 또는 일부를 표본으로 보존하는 사람은 정중하게 예의를 지켜야 한다는 경고의 메시지일 것이다.

그 앞에선 모두가 시한부 인생이다 몸속 깊은 시한부 목숨을 족집게로 끄집어내어 벼랑 끝에 매달아 놓은 재주가 그에게 있다 중병 같은 긴 세월을 간단히 건너뛸 수 있는 것은 너무나도 쉽게 삶과 죽음의 경계를 지워왔기 때문이다 실타래처럼 얽혀있는 병력을 컴퓨터 자판에 두드리면 네모 번듯한 운세가 슬픈 바코드로 떠오른다 아무 이유 없이 궁합이 맞지 않듯 아무런 인과관계 없는 죽음도 허다했다 하루에도 몇 번씩 부침(浮沈)을 거듭하는 전봇대의 전단지처럼 생사의 모호한 경계를 건너온 사람들이 참새처럼 몸을 떨고 있다 수만 볼트의 전깃줄에 꿈적도 하지 않는 참새 한 마리, 발바닥이 간지러운지 끊임없이 발 바꾸기를 한다 벼랑 끝에서 당당한 맨발은 없다 오늘도

그는 시한부 선고 중이다
　－「돌팔이 의사의 생존법」 전문, 『히스테리증 히포크라테스』

　이제 의사라는 직업은 가장 일반적이고 보편적인 직업이 되었다. 의사들은 아무도 히포크라테스 선서를 기억하지 않으며 슈바이처를 가슴에 품지 않는다. 의사로서 지켜야 할 가치와 자존감보다는 직업에 대한 회의감으로 가득 차 있을 뿐이다.

　그렇다면 히포크라테스가 후배 의사들에게 간곡히 부탁하고자 했던 메시지는 무엇일까. 의학의 아버지라 불리는 히포크라테스는 기원전 4세기경의 그리스 의사이다. 당시 히포크라테스 가문에 속하지 않는 사람들이 의술을 배우러 오면 반드시 이 선서에 서약했다고 한다. 선서는 장인과 도제 간의 계약서 같은 내용을 담고 있는데 일종의 영업 기밀이고 비밀 장부인 셈이다. 동업자를 형제처럼 생각하라는 말이 얼핏 이해된다. 이것을 오늘날의 상황에 맞게 수정한 것이 바로 제네바 선언이다. 우리가 흔히 알고 있는 히포크라테스 선서는 엄밀히 말하면 제네바 선언이다.

　독자 제위를 위해 히포크라테스 선서 전문을 인용한다. 글머리에 있는 패러디 시와 비교해 보고 본래의 의미를 되찾았으면 하는 바람이다. 이제는 '히포구라테스' 선서가 돼버린 히포크라테스 선서를.

히포크라테스 선서

이제 의업에 종사할 허락을 받으매 나의 생애를 인류봉사에 바칠 것을 엄숙히 서약하노라.

나의 은사에 대하여 존경과 감사를 드리겠노라.
나의 양심과 위엄으로서 의술을 베풀겠노라.
나의 환자의 건강과 생명을 첫째로 생각하겠노라.
나는 환자가 알려준 모든 내정의 비밀을 지키겠노라.
나의 의업의 고귀한 전통과 명예를 유지하겠노라.
나는 동업자를 형제처럼 생각하겠노라.
나는 인종, 종교, 국적, 정당정파, 또는 사회적 지위 여하를 초월하여 오직 환자에게 대한 나의 의무를 지키겠노라.
나는 인간의 생명을 수태된 때로부터 지상의 것으로 존중히 여기겠노라.
비록 위협을 당할지라도 나의 지식을 인도에 어긋나게 쓰지 않겠노라.

이상의 서약을 나의 자유의사로 나의 명예를 받들어 하노라.

제2부

간에 기별하다

연명치료 중단을 告함

나는 죽음을 찬미하는 것이 아니다
목숨을 담보로
삶의 고통을 덜어내고자 함도 아니다
그저 마지막 길을 당당하게 걷고자 함이다
이제 모니터로는 남은 생을 기록할 수 없으니
내 몸에 부착된 고통의 계기판을 제거하고
가장 편안한 단추의 상복을 부탁한다
덩굴식물처럼 팔을 친친 감고 있는 링거줄
산소처럼 고요한 인공호흡기
울음 섞인 미음을 받아 삼키던 레빈튜브
충전이 바닥 난 심장을 감시하느라
한시도 모눈종이의 눈금을 벗어나지 못한
심전도 모니터링을 모두 제거해 주기 바란다
일체의 심폐소생술 또한 거부한다
사유의 파동이 사라진 육신의 신호음은
한낱 기계적 박동일 뿐이니
에피네피린과 도파민의 사용을 원치 않는다
기계의 호흡과 심박동은 이미 어긋났으니

심장마사지는 사양한다

썩은 육신을 인수해 갈 가족과

상한 영혼을 거두어 갈 神과 조우의 시간,

내 죗값을 흥정하는 비굴한 모습을 원치 않으니

침대 주변을 말끔히 정리해주기 부탁한다

이제 종언을 고(告)하노니,

여태껏 밀린 치료비와 남은 죗값은

저당 잡힌 내 생의 이력서에 함께 청구해주기 바란다

* * * * *

얼마 전 지인으로부터 한 통의 전화를 받았다. 노모가 말기 암인데 몸이 쇠약할 대로 쇠약해진데다 고령이라서 병원에서도 더는 치료를 권유하지 않는다고 했다. 운명 직전의 어머님을 어떻게 모셔야 할지 난감하다는 게 통화의 요지였다. 나는 망설이지 않고 호스피스 병동이나 요양병원에 모시라고 대답했다. 치료에 대한 일말의 기대감도 있겠지만 존엄하게 죽을 권리도 중요하다고 조언을 했다.

이미 가족회의를 통해 결정된 사항이지만 나의 의중을 확인하고 싶은 눈치였다. 그렇게 함으로써 자식의 도리를 다하지 못한 죄의식을 조금이라도 줄여 보겠다는 의도가 숨어있음을 알 수 있었다. 진즉 결정하고서도 자꾸 되묻는 걸 보면.

가족 중 일부는 안락사를 주장한다고 했는데 그것은 존엄사에 대한 개념의 혼용으로 생긴 오해였을 것이다.

안락사는 죽음의 고통을 덜기 위해 약물 주입이나 강제적 식이 중단 등 적극적으로 죽음에 개입하는 것으로 엄연한 범죄 행위다. 최소한의 물과 영양분, 산소의 단순 공급 등을 중단하는 것도 소극적 안락사라 할 수 있는데 이것 역시 엄격하게 법으로 금지하고 있다. 나는 안락사와 존엄사의 차이점을 자세하게 설명해 주었다. 그는 용어에 대한 오해가 풀렸는지 자신도 존엄사를 택하고 싶다고 말했다.

존엄사에 대한 논란이 뜨겁다. 소위 웰다잉법이 곧 시행될 예정이기 때문이다. 그런데 세상에서 가장 슬픈 이별을 아름답게 마무리한다는 게 가능한 일인가. 애도와 슬픔으로 극복해야 할 감정을 이성적인 법으로 판단하는 게 온당한 처사인가. 잘 살기도 어려운데 잘 죽어야 한다는 이 형용모순을 우리는 어떻게 극복해야 할까?

웰다잉이란 지금까지 살아온 날을 정리하고 죽음을 준비하는 일련의 행위를 일컫는다. 버킷 리스트 작성하기, 유서 남기기, 자신의 묘비명 지어보기, 사전의료의향서 작성하기 등 다양한 프로그램까지 등장하고 있다.

지금까지 여러 죽음을 지켜보았다. 임종의 순간을 지키다가 그 자리에서 사망선고를 한 경우도 많다. 그때마다 똑같은 죽음은 없었다. 각자 저마다의 모습으로 아픔을 간직한 채 죽음을 맞이했다. 미처 죽음을 생각하지 못한 죽음도 있었고 스스로 죽음을 선택한 사람도 있었다. 평화로운 죽음엔 그들만의 공통점이 있다. 그것은 나이나 질병의 문제가 아니다. 종교적 이념이나 내세에 대한 신념과도 상관없다. 그것은 죽음을 인식하고 받아들이는 자세에 달려 있다. 그런 사람일수록 미리 유언장을 작성하고 주위에 감사함을 표명하는 경우가 많았다. 이런 사회적 분위기를 반영하듯 최근 들어 〈사전연명의료의향서〉를 작성하는 사람들이 늘고 있다.

웰다잉법은 회생 가능성이 없고, 치료해도 회복되지 않으며, 급속도로 증상이 악화하여 임종 과정에 있는 환자를 대상으로 '심폐소생술, 혈액 투석, 항암제 투여, 인공호흡기 착용' 등 네 가지 의료행위를 중지한다는 내용을 골자로 한다. 이 경우에도 통증 완화를 위한 의료행위와 최소한의 물과 영양분, 산소의 단순 공급은 중단할 수 없다.

정식 명칭은 '호스피스—완화의료 및 임종 과정에 있는 환자의 연명의료결정에 관한 법률'인데 법을 집행하기 위해서는 〈사전연명의료의향서〉가 반드시 필요하다. 평온한 죽음에 이르기 위해 꼭 받아야 할 치료와 받지 말아야 할 치료를 스스로 밝히는 서식이다. 인생의 아름다운 마무리를 스스로 결정하는 서식인데 환자 본인의 의사가 존중된다. 갑작스러운 죽음 등으로 본인의 의사를 확인할 수 없는 경우 2인 이상 가족의 일치하는 진술과 의사 2인의 확인이 있어야 한다.

이제 죽음을 받아들이는 태도도 예전과는 판이하게 달라졌다. 내가 전공의 때만 해도 병원에서 운명하는 것조차 객사라 규정해 용납하기 힘든 시절이었다. 그래서 임종이 가까워지면 미리 알려달라는 보호자가 많았다.

운명이 임박했다고 하면 모든 가족이 임종의 순간을 하염없이 기다리는 상황이 되고, 어쩌다 그 시각을 잘못 예측해 갑작스러운 임종을 맞이하면 사망 선고를 유예한 채 집까지 동행해야 하는 경우도 더러 있었다. 사람이 태어나고 죽는 것이야말로 진짜 운명인데 그 운명의 시각을 어떻게 정확하게 예측한단 말인가.

병원 복도 사람들 사이로 한 간호사가
노 환자가 누운 침상 하나를 끌고 바쁘게 가는데
주르르 가족들이 따라갑니다.
침상 걸이에는 무슨 약인지
링거 네댓 개를 주렁주렁 매달고
그 뒤로 목줄 한 강아지 따라가듯
작은 산소통도 따라갑니다.
　　　－ 박태진, 「어느 일상」 부분(『문학청춘』, 2017년 겨울호)

　어느 병원에서나 흔히 볼 수 있는 모습이다. 요양병원이나 호스피스 병동에서는 더더욱 익숙한 풍경이리라. 혹시 임종을 놓칠까 봐 산소통만큼이나 가족들도 따라붙는다. 긴 복도 저편의 모습이 결코 남의 일 같지 않다.

　인간 수명 100세 시대, 이것은 과연 인류에게 축복일까 재앙일까? 최근 대한노인병학회에서 밝힌 한국인의 기대수명은 82.4세다. 하지만 건강수명은 65.4에 불과하다. 근 20년의 세월은 건강하지 못한 세월을 살아야 한다. 우리는 유병장수시대를 사는 것이다. 한국의 독거노인 빈곤율과 노인 자살률은 OECD 국가 중 가장 높다. 외롭고 가난한 노인들이 맞이할 냉엄한 현실뿐 아니라 언젠가 맞닥뜨릴 죽음에 대한 진지한 성찰이 필요한 시점이다.

　세브란스 김할머니를 기억할 것이다. 연명치료를 받던 김할머니의 인공호흡기를 떼어달라는 보호자의 소송이 있었고 법원이 이를 허락한 사건이다. 보편적 의학상식으로 인공호흡기를 제거하는 것은 두 가지 경우뿐이다. 자발적 호흡이 가능하거나 심장 박동이 멈춰버린 경우이다. 그런데 보호자가 원하고 법원이 판단하여 의사가 그 명령을 따르는 경우는 몹시 생소했다. 하지만 그보다 내가 더 관심을 가진 것은 인공호흡기를 제거했을 때 환자의 반응이었다. 인공호흡기를 제거하자마자 그대로 숨이 멈출 것인지 아니면 자발적인 호흡을 유지할 것인지. 결국 김할머니는 인공호흡기를 제거하고 나서도 이백일 이상을 더 살았다. 그것도 아주 편안한 호흡을 유지하면서.

당시 김할머니의 심정을 「독백」으로, 치료하는 의사의 입장을 「반성」으로 그려본 졸시다.

- 도대체 숨이 멈추질 않네요
- 호흡중추가 기억을 되찾았나 봐요
- 그러기에 진즉 호흡기를 뗐어야죠
- 그동안 갑갑해서 죽을 뻔했잖아요
- 오늘 아침, 드디어 죽음의 예배가 시작되었어요
- 목사님은 무엇을 위해 기도할까요?
- 하느님도 죽을 때를 모르시나 봐요?
- 그러니 예배를 마치고도 이렇게 숨이 멎질 않잖아요
- 호흡기를 떼고 나니 무척 홀가분한데 세상은 온통 난리가 났더군요
- 존엄하게 죽을 수 있는 첫 번째 행운을 내가 거머쥐었다고 야단법석이데요

— 내 눈물을 두고 모두 다 호들갑을 떠는 모양인데 언제부터 내 눈물에 대해 그렇게 관심이 많았죠

 — 눈물샘이 막혔다가 숨통이 트여 조금 흘러내린 것뿐인데 꼭 내가 죽기 싫어 발버둥 친 것처럼 대서특필했대요

 — 당신들 이야기 다 들었어요

 — 이 한 몸 빨리 거두어 가야 현명한 판결에도 영이 서고 그동안 치료에 대한 노고도 인정받고 무엇보다도 눈물을 글썽이며 기도하던 가족들의 체면도 살려줄 텐데 말이죠

 — 아, 글쎄 죽기가 쉽지 않네요

 — 아무래도 죽음은 타협이 아니라 숙명인가 봐요

 — 의사들은 지독한 숙명론자라 들었는데, 이젠 정말 아무도 못 믿겠어요

 — 운명에 기대는 수밖에요

 — 한숨 자고 나면 세상이 조용해질 텐데 도무지 잠이 오지 않네요

 — 링거액에 수면제나 좀 섞어 주세요

 — 인터뷰는 사절이예요

—「독백」전문

 — 솔직히 잘 모르겠어요

 — 어디서부터 잘못되었는지 그리고 무엇이 문제인지

 — 당신과 한마디 상의도 없이 섣부른 판결에만 의존한 것이 잘못이겠죠

 — 영혼의 무게는 단지 21그램이라는 말만 믿고 오직 첨단기기에 의존하여 그 무게로 바벨탑을 쌓으려 했던 게 문제겠죠

 — 사람이 사람의 운명을 결정하는 것이 얼마나 어리석은 짓

인지 또 얼마나 큰 죄악인지 조금은 알 것 같아요

    ― 호흡기를 떼려는 순간 나도 무척 떨렸어요

    ― 산소처럼 끓어오르는 마지막 숨을 단번에 거두어 가는 것
도 두려웠구요

    ― 거추장스러운 기기들을 비웃으며 편안하게 숨을 고르는
것도 두려웠어요

    ― 오늘도 당신의 모습을 똑바로 쳐다볼 수가 없어요

    ― 더욱 평온해진 얼굴과 차분해진 숨소리를 보면서 그 동안
내가 바랐던 게 무엇이었는지 생각하면 온몸에 소름이 돋아요

    ― 변명만 잔뜩 늘어놓으며 언론에 읍소한 모습은 너무 초라
하구요

    ― 곤히 잠든 당신 곁에서 아무 조치도 할 수 없는 내 자신을
생각하면 더욱 곤혹스러워요

    ― 진정으로 당신을 안락하고 존엄하게 하는 게 무엇인지 꼭
한 번 묻고 싶어요

    ― 당신은 이미 속마음을 밝혔지만 그래도 한 마디만 귀띔해
주면 안 될까요?

    ― 이제 당신의 운명은 어떻게 되는 건가요?

    ― 아니, 미안해요

    ― 잠깐 또 내가 딴생각을 품었어요

    ― 정말 죄송해요

    ― 안녕히 주무세요.

―「반성」 전문

전혀 의식이 없는 상태에서 산소 호흡기에 의지한 채 목숨
을 부지한다는 것은 환자에겐 고통만 남길 뿐이다. 정작 본

인은 자연스럽고 편안한 죽음을 맞이하고 싶을지도 모르는데.

당시 법원의 판결문에서도 "회복 불가능한 사망의 단계에 이른 환자가 인간으로서의 존엄과 가치 및 행복추구권에 기초하여 자기결정권을 행사하는 것으로 인정될 때는 연명치료 중단을 허용할 수 있다."라고 명시한 바 있다. 아직 우리 사회에 연명치료란 말이 생소한 시절 법원의 판결은 존엄사 문제에 대한 사회적 인식을 환기하는 계기가 되었다.

죽음은 선택이 아니라 운명이다. 죽음이란 돌이킬 수 없는 이별이다. 다시는 만날 수 없고, 다시는 마주 보며 이야기할 수 없고, 다시는 그의 빛나는 눈동자를 볼 수 없게 된다. 그리하여 모든 것은 기억 속에서만 존재하게 된다. 우리는 그 상실감을 추억을 우려내면서 붙잡으려 한다. 손을 잡았던 기억, 마주 보며 웃었던 기억, 사랑하고 미워했던 기억들조차 희미해지면 나 또한 이 세상과 작별하는 날이 다가오는 것이리라. 이별에 대한 슬픔의 무게나 깊이는 겪어보지 않은 사람들이 함부로 말할 성격은 아니다. 그것을 극복하는 지혜와 방법 역시 각자의 몫이다.

프로이트는 사랑하는 대상의 상실에 대처하는 자세를 두 가지로 나누었다. 애도와 멜랑콜리. 애도는 부재의 상처를 인정하고 사랑의 리비도를 다른 객체로 이동하는 것이고, 멜랑콜리는 사랑의 대상을 다른 사랑으로 이동하지 못하고 자기 안에 집착하는 것이다. 병적인 나르시시즘이라 할 수 있는 멜랑콜리는 우울증의 형태로 나타나기도 하는데 정상적인 애도는 상실에서 오는 슬픔을 새로운 사랑으로 건너가는 건강한 작업이라고 할 수 있다. 우리가 흔히 이별 연습이라고 칭하는 애도의 시간을 존중해야 하는 이유이기도 하다.

연명치료를 지속한다는 것은 삶을 연장하는 게 아니라 죽음을 연장하고 있을지도 모른다. 모든 생명은 존엄하게 마무리돼야 한다. 연명치료는 마지막 존엄을 지키는데 좋은 해결책이 아니다. 누군들 인생의 마지막 순간을 아름답게 보내고 싶어 하지 않겠는가. 모든 생명이 자연에서 잉태되었듯 모든 죽음은 자연으로 돌아가기 마련이다. 운명을 결정하는 시간뿐 아니라 죽음에 이르는 방법도 마찬가지다. 어쩌면 이 모든 게 신(神)의 영역일지도 모르지만.

인공지능의사

알파고가 이겼다
우리는 달에 착륙했다
이세돌을 꺾은 인공지능이 말했다

진다고 생각 안 했는데 놀랐습니다
알파고가 이렇게 완벽할 줄은 몰랐습니다
딥 마인드에 존경을 표합니다
바둑천재 이세돌이 답했다

이제 인간과 기계의 싸움을 접고
신의 한 수를 정중히 받아들일 때다
프로 바둑기사도 의사도 기계의 하수가 된 것이다

딥 마인드에 병력을 스캔하자
몸속 깊이 박혀 있는 절망이 달처럼 뜬다
병명에 따른 맞춤처방도 인공위성처럼 떠오른다
구글번역기로 출력한 처방전을 원격 전송한다

누가 이기든지 인류의 승리다
닥터 왓슨이 미소 지으며 말했다

우리는 절벽에 다다랐다

* * * * *

알파고의 출현에 온 나라가 들썩거렸다. 인공지능에 맥을 못 추는 바둑천재를 바라보며 인간들의 한숨이 절로 터져 나왔다. 이세돌의 5대0 승리를 믿어 의심치 않았던 나도 충격에 빠졌다. 바둑 해설을 맡은 프로기사들도 흥분하기는 마찬가지였다. 인간이 둘 수 있는 수와 알파고가 두는 수를 비교하며 알사범에 경의를 표하기도 했다. 전혀 감정을 드러내지 않은 채 반상에 돌을 놓는 인간 아바타를 보며 영화 매트릭스를 보고 있는 느낌이 들었다.

원래부터 인간은 기계의 적수가 될 수 없다. 계산기와 암산 대결을 펼친다거나 자동차와 경주하는 인간을 상상해 보라. 적자생존의 원리로 살아남은 인간이 한 가지 기능만으로 진화한 인공지능을 상대하는 게 애당초 가능한지를.

그럼에도 이번 바둑대국에 대한 충격은 생각보다 훨씬 심했다. 바둑이야말로 인간이 창조한 최고의 두뇌 스포츠이기 때문이다. 계산 보다는 직관이 우세한 바둑만큼은 아무리 똑똑한 컴퓨터라도 인간을 능가하지 못하리라 생각했는데 이런 직관과 판단마저도 학습으로 가능하다고 생각하니 섬뜩할 뿐이다.

과학의 바벨탑을 쌓으며 끊임없이 신의 영역에 도달하려 했던 인간이 마침내 달에 착륙했다. 인간의 영역이라고만 여겨졌던 고차원적 사유와 직관을 뛰어넘은 과학의 승리임이 틀림없다. 인공지능은 이미 인간의 삶 곳곳에 포진해 있다. 인공지능 로봇, 자율주행차, 드론, 메타버스 등 인공지능이야말로 인간 세상을 더욱 편리하고 풍요롭게 할 수 있을 것이다.

그런데 왜 인간들은 인공지능을 두려워하고 불편해하는 것인가. 똑똑한 로봇에게 일자리를 빼앗기고 노예처럼 종속되어 살 수 있다는 두려움 때문일까, 아니면 인간이 신을 배반하듯 인공지능도 인간을 배반할지 모른다는 불안감 때문일까.

실제로 일본에서는 인공지능이 쓴 단편 소설이 문학제 경선에 올랐다고 한다. 인공지능이 인간의 창의력과 경쟁할 수 있도록 빠르게 진화함을 시사한다. 머지않아 시를 쓰는 기계가 나타날지도 모르겠다. 하지만 시를 쓰는 행위는 사랑을 나누는 것과 마찬가지로 대부분 감각적인 경험에서 비롯된다. 어느 시인의 말을 빌리지 않더라도 무수한 감각의 교차와 혼합으로부터 우연히 발생하는 하나의 언어적 사건에 다름 아닌 것이 바로 시가 아니런가.

시란 논리적 행위를 이성적 언어로 조합하는 것이 아니라 불투명하고 혼란스러운 감각을 비논리적 언어로 묘사하는 것이다.

그렇다면 사랑은? 그토록 비논리적이며 설명할 수 없는 무수한 감성과 헤아릴 수 없는 감정과 자신도 모르는 순간 분연히 자신의 내면 어딘가에서 뚫고 분출되는 정념의 에너지를 인공지능이 계산해 낼 수 있을까? 천국과 지옥을 동시에 경험하는 사랑의 감각적 떨림이 원격으로 조종될 수 있을까?

재독 철학자 한병철은 그의 저서 「에로스의 종말」에서 "포르노는 에로스의 적수다. 포르노는 성애 자체를 파괴한다"고 주장한다. 성애는 바로 포르노그래피에 의해 위기에 빠진다는 그의 주장이 서로 마주하지 않고 체온을 느끼지 않고서도 진료가 가능하다는 원격진료의 논리와 유사하다는 느낌은 나만의 생각일까.

원격진료는 컴퓨터, 화상통신 등의 IT 기술을 이용하여 원거리 환자들에게 진료를 제공하는 의료영역의 한 부분으로 우리나라에서도 시범사업이 한창 진행되고 있다. 환자와 의사가 진료실에서 직접 대면하지 않고, 인터넷 등 정보통신 수단을 활용하여 진단과 치료, 자문 등의 의료서비스를 제공하는 것이다.

원격진료가 정착되면 도서벽지 등 의료취약지에 거주하는 사람들 및 이동이 불편한 어르신, 장애인 등의 취약 계층이 혜택을 받을 수 있는 것이다. 원격의료는 '의료 수혜권의 확대'라는 측면에서 새로운 대안으로 다가올 수 있는 것은 분명하다.

하지만 이에 대한 반론도 만만치 않다.

대한의사협회는 "비윤리적인 의료행위에 대해 제어할 수 없어 의료시장의 대혼란이 일어날 것이라는 점, 지리적 접근성을 무시한 원격진료 시 일차의료기관의 기반이 무너지는 것은 물론 이로 인해 국민들의 의료접근성이 떨어질 수 있다는 점, 지방 중소병원들의 잇따른 폐업과 대형병원 쏠림현상 가속화, 의료산업의 붕괴로 이어질 수 있다는 점, 원격진료 허용법안이 의사와 환자의 필요로 추진되는 것이 아니라 미래 산업을 추진하는 새 정부의 이미지 각인을 위한 정치적 목적으로 추진된다는 점" 등의 예시를 들어 원격진료에 대한 반대 입장을 분명히 했다

환자를 진료하는 과정에는 문진, 시진, 촉진, 청진, 타진 등 다양한 방법이 있다.

진찰하면서 의사와 환자가 얼굴을 맞대고 어디가 아픈지를 서로 이야기한다. 바로 문진이다. 의사는 문진하면서 환자의 성격, 감수성, 의학적인 상식, 생활 습관 등을 파악한다. 그리고 아픈 부위를 집중적으로 본다. 이게 바로 시진이다. 이때도 환부만 살펴보는 것이 아니고 환자의 자세나 표정 등을 자세히 관찰한다. 시진만으로도 부족하면 청진이나 타진을 한다. 청진기로 심장 소리, 호흡음 등을 들으면서 이상 여부를 판단하는 게 청진이고, 흉부나 복부 신경 등을 손가락 또는 해머로 두들기는 방법이 타진이다. 촉진으로 맥박을 재거나 혹은 병변의 크기를 측정한다.

환자의 얼굴은 보지도 않고 컴퓨터 화면만을 응시하며 진료하는 내 모습을 발견하고 깜짝 놀랄 때가 있다. 컴퓨터의 장벽에 막혀 더는 만져지지도 않고 느껴지지도 않는 진료가

정당한 의료행위일까. 서로의 감정을 철저하게 배제해 버리는 원격진료가 의사와 환자 모두에게 결코 행복하지 않으리라는 생각이 든다.

알파고에 내리 세 판을 패한 이세돌이 마침내 제4국에서 승리했다. 신의 한 수를 당한 알파고는 버그에 가까운 수를 연발하다가 결국 돌을 거두었다. 만약 진료 중에 컴퓨터의 오작동으로 버그를 경험한다면? 원격진료를 받다가 컴퓨터의 실수로 오진이 발생한다면, 상상하고 싶지도 않은 생각들이 꼬리를 물었다.

알파고와 대국을 펼치던 이세돌의 모습이 생생하다. 변성기가 지나지 않는 듯한 얇은 목소리, 벌겋게 상기된 얼굴, 손가락을 까딱거리며 계가하는 모습. 그는 자신에게 유리하다 싶으면 엷은 미소를 짓다가도 불리한 국면이 되면 손을 떨며 호흡이 거칠어지는 등 철저하게 감정에 지배당하는 나약한 인간의 모습이었다. 하지만 그것이야말로 인간적인, 지극히 인간적인 모습이 아닌가.

그는 간간이 대국실을 비웠다. 대부분 화장실에 간다고 생각하겠지만 그가 흡연자란 사실을 아는 사람들은 눈치챘을 것이다. 고독한 사유가 얼마나 니코틴을 필요로 하는지를. 나는 똑똑히 보았다. 담배 연기처럼 흔들리는 그의 모습이 얼마나 아름답고 사랑스러운지를.

인공지능에 참패하고 나서 이세돌은 짧게 인터뷰했다. 이세돌이 패한 것이지 결코 인간이 진 것은 아니다. 바둑의 낭만을 지키고 싶다는 그가, 바둑에 지고도 만개한 벚꽃 같은 웃음을 지을 수 있었던 것은 그의 말마따나 대국의 시간을 마음껏 즐겼기 때문이 아닐까. "시에 있어서는 패자가 곧 승자이며, 진정한 시인은 마침내 승리하기 위하여 죽음에 이르기까지 패배를 선택한다."라는 사르트르의 말을 그에게 원격 처방해 주고 싶다.

뉴욕 한복판에 한국의 프로바둑 기사 이세돌과 인공지능 알파고의 바둑 대결을 알리는 광고판이 들어섰다. 바둑판을 배경으로 파란색 두뇌로 표현된 알파고와 환하게 웃는 이세돌이 '대결은 끝났다. 모두가 승자다!(The Games are Over. Both Victors!)'라는 영문 카피와 함께 등장한다.

그렇다면 이번 대국에서의 진정한 승자는 누구일까. 인간의 영역에 도전한 인공지능일까, 아니면 제4국에서 이세돌이 둔 신의 한 수일까. 어쩌면 적은 대국료로 막대한 이익을 창출한, 원격진료를 설계하고 준비한 거대 자본이 아닐까.

한동안 보이지 않던 연로한 어르신이 지팡이에 의지하여 진료실에 들어섰다. 혹시 했는데. 나도 모르게 안도의 미소가 떠오른다. 치아가 다 빠져 오물거리는 입으로 두서도 없고 받침도 없는 말을 중얼거린다. 나는 눈치껏 알아듣는다. 홀로 사는 어르신의 하소연도 양념처럼 끼어있다.

더 이상 진찰할 수 없습니다
여전히 당신은 세상을 더듬거려서

더 이상의 진술을 거부하겠습니다
진실만을 말할 자신이 제게 없으므로

–「귀머거리 의사와 벙어리 환자」부분,

『히스테리증 히포크라테스』

소통의 수단은 언어일까, 몸짓일까. 소통의 본질은 정화인가 치유인가. 더는 아무 말도 할 수 없어 마른 삭정이 같은 그의 두 손을 꼭 잡아드렸다. 이제 구글 번역기로 출력한 처방전을 원격 전송하는 것은 상상이 아니라 씁쓸한 현실이 될지도 모른다.

죽음 또는 주검에 관한 어떤 기록

이미 굳어버린 과거를
두 주먹으로 꽉 움켜쥐고 있다

그믐달처럼 살짝 벌어진 입술 사이로
아직 못다 한 말들이 흘러나온다

밭고랑 같은 한 생(生)이
영정 속에서 웃고 있다

저
숙면

사체 검안서를 쓴다
사망 장소 ; 주택 내
사망 종류 ; 병사라 적고
사인란에 자연회귀사(自然回歸死)라 쓰려고
관 속을 들여다보니
드럼통 같은 한 生이

밭으로 바삐 돌아가기 위해
두 발만 밭고랑을 향해
흙가래처럼 뻗어 있다

사인란에
자연회귀사(自然回歸史)라 다시 쓴다

* * * * *

한 장의 사망진단서가 온 나라를 떠들썩하게 하고 있다.

사망진단서란 부검을 하지 않고 눈으로 살펴 사망을 확인하는 서식이기에 사체검안서라고도 한다. 임상 의사라면 누구나 사체검안서를 써야 한다. 이것은 의사로서 기본적인 의무사항이지만 또한 의사만 쓸 수 있는 권리이기도 하다. 사망진단서를 쓰면서 가장 난감한 경우는 DOA(Death on Arrival), 이미 사망한 상태로 도착한 환자의 경우이다. 이때도 외상이나 출혈의 흔적이 있는지 꼼꼼히 살피고, 병사인지 외인사인지를 구분하는 것이 가장 중요하다. 이마저도 확실치 않으면 불상이라고 쓰면 그만이다.

지금은 주택 내 사망이 거의 없지만 개원 초기만 해도 주택 내 사망이 발생하여 사체검안서 작성을 의뢰한 경우가 있었다. 사체검안서가 있어야만 장례 절차를 진행할 수 있기 때문이다. 사체검안서를 작성하려면 우선 맥박을 촉진하고 동공이 열렸는지를 살펴본다. 마지막으로 심장 소리와 호흡음을 확인한다. 이러한 일련의 행위도 죽음을 확인하는 절차이지 사인을 밝히려는 의료행위는 아니다. 이때도 가장 중요하게 살피는 것이 사체의 외관 모습이다. 사인이 무엇인지는 정확히 모르더라도 병사인지 혹은 외인사인지는 밝혀야 한다. 만약 외부요인이 작용했다면 반드시 부검이라는 절차를 거쳐야 하기 때문이다.

이제 막 사후강직이 시작된 고인의 몸을 검시하고, 사체검안서에 적어야 할 내용들을 간단히 메모하고 황급히 집을 빠져나온다. 시신의 모습이 떠오른다. 눈을 꼭 감고 있는 그 모습은 대체로 비슷비슷하다. 주어진 운명을 다하고 神의 부름을 받은 시신은 평안하기 이를 데 없다. 그들은 모두 입을 다문 채 두 주먹을 그러모으고 어디론가 바삐 떠나려고 채비하는 것 같다. 반듯한 자세로 누워있으면서도 하늘을 향해 두 발을 나란히 모으고 있는 걸 보면. 한 우주의 종말을 고하는 그 모습은 분명 자연으로 돌아가려는 열망의 표현이자 자연 회귀의 역사일지도 모른다.

사망진단서 양식을 보면 구체적인 死因을 쓰는 난이 있다. 직접사인, 중간 선행사인, 선행사인이 그것이다. 이에 대해 세세한 설명을 할 필요는 없지만, 직접사인란에 '심폐정지사'란 말을 쓰지 말라는 교육은 여러 차례 받았다. 최근 의사협회에서 발간한 사체검안서 작성 요령에도 잘 나타나 있다. 한마디로 말해 심폐정지란 사망에 이른 과정이지 직접 원인이 아니라는 것이다. 이를테면 교통사고를 당한 후 오랜 병상 치료하다가 사망한 경우 아무도 병사라 하지 않는다.

그런데 이런 기본적인 사항마저 지켜지지 않은 심각한 오류의 사망진단서가 발행되었다. 서울대 병원에서 작성한 故백남기 사망진단서가 그것이다. '외상으로 인한 급성 외상성 경막하 출혈'이라는 최초 진료기록이 있음에도 병사라고 진단했다. 만약 큰 사고를 당한 환자가 오랜 시간 치료하다가

다발성 장기손상으로 사망했다면 이를 장기손상에 의한 병사라고 할 수 있을 것인가.

물론 의사도 실수할 수 있다. 신이 아닌 인간이기에 얼마든지 가능한 일이다. 만일 그런 경우라면 한시라도 빨리 과오를 인정하고 잘못된 부분을 수정하면 될 것이다. 그것이야말로 눈덩이처럼 번진 의혹을 조금이라도 해소하는 일이고, 고인과 유족에 대한 최소한의 예의가 아닐까 하는 생각이 든다.

마침내 서울대 의대생들이 사망진단서 논란에 대한 해명을 요구하고 나섰다. 나는 성명서를 읽으면서 가슴이 착잡했다. 침묵하지 말아 주시기를 간절히 청한다는 글귀가 계속 가슴에 머물고 있었다. 이 어찌할 수 없는 무력감은 어디서 비롯된 것일까. 선배 의사로서 몹시 부끄럽고 가슴 아픈 일이지만 학생들의 진심이 깃들인 것 같아 여기에 옮겨본다.

선배님들께 의사의 길을 묻습니다.

故 백남기 씨는 지난해 11월 시위 도중 경찰의 물대포를 맞고 쓰러져 혼수상태로 사경을 헤매다 9월 25일 사망하였습니다. 환자가 사망하였을 때 사망의 종류는 선행사인을 기준으로 선택하게 되며, 질병 외에 다른 외부요인이 없다고 의학적 판단이 되는 경우만 '병사'를 선택합니다. 외상의 합병증으로 질병이 발생하여 사망하였으면 외상 후 아무리 오랜 시간이 지나더라도 사망의 종류는 '외인사'입니다. 이것은 모두 저희가

법의학 강의에서 배운 내용입니다. '물대포'라는 유발 요인이 없었다면 故 백남기 씨는 혼수상태에 빠지지 않았을 것이므로 고인의 죽음은 명백한 '외인사'에 해당합니다.

　−중략−

　전문가란 오류를 범하지 않는 사람이 아니라 오류를 범했을 때 그것을 바로잡을 수 있는 사람이라고 생각합니다. 아직 학생인 저희의 눈에 이토록 명백한 오류를 선배님들께서도 인지하고 계셨으리라 짐작합니다. 그러나 서울대병원은 이 오류에 대한 전문가집단으로서 걸맞지 않은 태도를 보이고 있습니다. 저희는 이토록 명백한 오류가 단순한 실수인지, 그렇다면 이를 시정할 수 없는 것인지 궁금합니다. 만약 단순한 실수가 아니라면 어떤 이유에서 이런 논란이 빚어지게 되었는지 해명을 듣고 싶습니다.

　故 백남기 씨는 서울대병원 환자였습니다. 그 무엇보다도 환자를 우선으로 하라는 것이 저희가 선배님들께 받은 가르침이었습니다. 인류, 종교, 국적, 정당, 정파, 또는 사회적 지위 여하를 초월하여, 오직 환자에 대한 나의 의무를 지키겠노라고 히포크라테스선서는 이야기합니다.

　사망진단서는 환자와 유족을 위한 의사의 마지막 배려라고 저희는 배웠습니다. 전문가 윤리를 지켜 오신 선배님들께서 이 사안에 대해 관심을 가져주셨으면 좋겠습니다. 저희가 소명으로 삼고자 하는 직업적 양심이 침해받은 사안에 대해 침묵하지 말아 주시기를 간절히 청합니다. 저희가 어떤 의사가 되어야 하는지 보여주십시오. 저희는 선배님들께서 보여주신 길을 따르겠습니다.

2016년 9월 30일(금)
서울대학교 의과대학 학생 102인

학생들의 용기 있는 행동에 365명의 동문 선배들도 즉각 화답했다. "후배들이 지적했듯이 故 백남기 씨의 사망진단서는 통계청과 대한의사협회에서 제시한 원칙에서 어긋납니다. 외상의 합병증으로 질병이 발생하여 사망하였으면 '외인사'로 작성하도록 배웠습니다. 이에 따르면, 외상으로 인한 급성 경막하출혈이 원인이 되어 급성신부전으로 사망하더라도 병사가 아닌 외인사가 됩니다. 또한 심폐정지는 사망에 수반되는 현상으로 사인에 기재할 수 없습니다."

일각에서는 서울대병원 관계자들이 외부 압력을 받아 부검 주장의 빌미를 제공한 것이 아니냐는 의혹을 제기하기도 하지만, 경찰은 사망진단서의 '병사' 판정을 근거로 "사망원인을 정확히 밝히기 위해 부검해야 한다"고 주장한다.

나는 이런 상반된 입장을 보고 매우 안타깝다는 생각이 들었다. 만약 서울대병원 측이 진단을 번복하면 당장은 질타받을지 모르지만, 장기적으로 봤을 때 더 큰 신뢰감을 회복할 수 있으리라는 확신이 들었다. 하지만 서울대 병원 측의 입장은 달랐다.

이런 논란에 대해 특별위원회까지 꾸린 서울대병원 측은

"사망진단서에 문제가 없고, 의료진에 외압도 없었다."는 견해를 내놓았다. "법의학적 입장에서는 사회적으로 관심이 몰린 사건은 부검을 해야 한다고 본다."라는 원론적 입장만 반복했다. 결국 사망진단서 논란은 사그라지기는커녕 온 나라에 들불처럼 타올랐다.

마침내 대한의사협회가 공식 견해를 밝혔다.

의협은 두 가지 잘못을 지적했다. 직접사인을 '심폐정지'로 적은 것은 죽음의 현상이며, 이는 절대로 사망원인이 될 수 없다는 것이다. 또한 사망의 종류에 대해 사망진단서에서 '병사'로 기재됐는데, 외상성 요인으로 발생한 급성 경막하출혈과 병사는 서로 충돌하는 개념이라고 지적했다.

의협은 "이번 사건을 통해 의료현장의 각종 진단서가 공정하고 충실한 근거를 갖추며, 무엇보다도 진실을 바탕으로 작성돼야 한다는 기본 원칙이 충실히 지켜질 수 있기를 바란다."라고 밝혔다. 이런 공식적인 입장에도 백남기 진단서 논란은 쉽게 수그러들지 않을 기세이다.

백남기 농민은 경찰의 물대포를 맞고 쓰러졌다. 의료진이 성심성의껏 치료했지만 쓰러진 지 317일 만에 숨을 거두었다. 이것은 명백한 사실이다. 나는 이 사실 외의 사건의 경위나 전개 과정을 잘 모른다. 더군다나 거기에 어떤 정치적 해석이 뒤따르는지는 알지 못한다. 다만 의료행위가 정치적 쟁점에 휘말려서는 안 된다는 생각에는 변함이 없다. 의료행위와 정치적 행위는 원천적으로 그 궤를 달리하고 있기 때문이다. 나는 의사로서 백남기 사건 관련 뉴스를 보며 매우 부끄러웠다. 시시비비를 가릴 입장은 아니지만 일련의 사건 전개 과정을 바라보며 가슴 한쪽이 답답함을 느껴야 했다. 성심껏 치료하고 그 결과에 순응하는 게 의사의 도리일진대 자꾸 논란의 중심부로 이동하는 게 불편했다.

인간은 태어나는 순간부터 죽음을 향해 달려간다. 생로병사의 원칙을 충실히 따른 죽음도 있고 그 원칙을 지키지 못하고 비명횡사할 수도 있다. 소각되는 종이처럼 훨훨 날아가는 죽음도 있고 때론 그 무게에 눌려 질식할 것 같은 죽음도 있다. 인간은 존엄하고 평등하다. 삶에서와 마찬가지로 죽음 또한 경중이 있을 수 없다. 모든 삶이 자연으로부터 왔듯이 모든 죽음은 자연으로 돌아가게 마련이다.

여기 죽어서도 자연으로 돌아가지 못하는 주검이 있다. 유족도 경찰도 시위대도 시신을 수습하지 못한 채, 300일 이상 환자를 돌보았던 주치의마저 병사인지 외인사인지 헷갈린다. 경찰은 여전히 물대포로 물을 뿌리고 의사들은 함몰된 두개골에 고인 피를 뽑아내고 판사는 보석 같은 조건을 달아 부검영장을 발부한다. 뇌수술은 맡겨도 사망진단서는 맡길 수 없다는 목소리는 물거품처럼 사그라들었다. 심폐정지가 직접사인이 될 수 없다는 의협의 권고에도 이미 훼손된 진단서는 정정되지 않았다. 세상의 모든 갈등과 부조리를 블랙홀처럼 빨아들인 사망진단서가 고인의 상처는 하나도 담아내지 못했다. 백남기 죽음은 여전히 현재 진행형이다. 미완의 외침이고 미완의 죽음이고 미완의 응답이다. 그러기에 백남기 사망진단서는 미완의 진단서일 수밖에 없으리라.

　우리는 고인을 하루빨리 자연으로 돌려보내고 그 죽음을 기려야 한다. 그러기 위해서는 정당한 장례 절차에 따라 고인을 애도하고 유족을 위로해야 한다. 그것만이 망자에게 그리고 유족에게 해야 할 마지막 도리가 아닐까. 역사는 돌고 돌아 마침내 제자리로 돌아오듯 모든 죽음은 자연회귀사(自然回歸史)로 귀착되어야 하기 때문이다.

노블레스 요양원

광합성의 기억을 잃어버린 나무가 이리저리 몸통을 굴린다 제 갈 길 잃어버리고 내비게이션이 정해준 위치에 따라 뿌리를 내린다 중증 골다공증을 앓고 있는 고목은 고집스런 고물이 된다

용도 폐기된 서까래들이 빛바랜 침대에서 꾸덕꾸덕 말라가고 있다 한때는 자랑스럽게 고래등을 떠받들었지만 이제는 고사목이 되어 요양보호사가 건네준 빨대로 물과 햇빛을 받아먹는다

황금빛 대리석으로 치장한 요양원에 고물들이 몰려든다 잇몸 주저앉은 나사못 팔목 부러진 곡괭이 사지가 뒤틀린 철제 사다리, 디지털 신제품에 내몰린 실버 연장들이 구석 방 창틀에 모여 황금색 기저귀를 말리고 있다

＊ ＊ ＊ ＊ ＊

요양원 하면 가장 먼저 떠오른 이미지는 고흐의 생레미 요양원이다. 고갱과 다투고 자신의 귀를 잘라버린 후 스스로 찾아간 그곳에서 그는 붓을 들고 그림을 그렸다. 그의 대표작 중의 하나인 〈별이 빛나는 밤〉은 요양원 창문을 통해 보이는 밤하늘을 그린 것이다. 소용돌이치는 별빛 아래 우울하게 솟아 있는 생레미의 모습은 처연하게 아름답다. 요양원에서 북쪽을 바라본 풍경이라지만 실제로는 고향 네덜란드를 연상하며 그린 것이리라. 하늘이 춤을 추고 있는 듯한 모습은 언젠가는 고향으로 돌아가고 싶은 간절한 염원을 담은 것이 아닐까.

내가 꿈꾸는 요양원도 마찬가지다. 창밖으론 아카시아 향이 코끝을 달구고 밤이 되면 별빛이 개울처럼 소리를 내는, 하늘과 바람과 별과 꽃들이 한데 어우러진 고향 하늘을 닮은 요양원.

하지만 우리의 현실은 조금 다르다. 대부분의 요양원은 삭막한 도심을 배경으로 자리 잡고 있다. 창문은 방범창으로 굳게 닫혀 있다. 정원이나 뜰도 있을 리 만무하다. 거리엔 자동차 소음만 가득하고 하늘은 미세먼지투성이다. 바람과 꽃들은 기척도 하지 않고 별들도 그 모습을 보이지 않는다.

바야흐로 인간수명 100세 시대다. 넉넉잡고 70세를 노년의 기준으로 삼는다고 해도 족히 30년 이상은 노인으로 살아야 한다. 9988234란 말이 유행한 적이 있다. 99세까지 팔팔하게 살고, 2, 3일만 시름시름 앓다가 죽고 싶다는 간절한 소망이 담긴 메시지다. 이미 우리 사회는 고령화 시대에 접어들었다. 10년 후면 노인 인구가 20%를 초과하는 초고령화 사회에 진입할 예정이다. 이렇게 빠르게 진행하는 고령화 시대에 적응하고 살아남는 데 필요한 것은 무엇일까. 가장 중요한 변수는 재력과 건강이 아닐까. 그렇다면 은퇴 후 노년의 삶을 유지하는데 필요한 돈은 얼마나 될까. 은퇴 시기를 현재와 같은 65세로 잡고 향후 20년간 노후생활을 위해서 4,5억 가량이 필요하다는 통계를 본 적이 있다. 그것도 건강을 담보로 한 일상생활이 가능한 상태에서 말이다. 몸이 극도로 쇠약하여 수족을 건사할 수 없는 경우라면 아무리 많은 돈인들 무슨 소용이 있겠는가. 그저 편안하게 생을 마감할 수 있는 곳을 찾아 나서는 게 상책이 아닐까.

나무도 숲도 없다
울창하지도 푸르지도 않다
도심 빌딩 숲에 자리 잡아
고려장의 혐의도
사슴벌레 같은 고독도 피할 수 있다
바닥에는 나무 장판이 깔려있다
문지방이 없어
워커와 휠체어가 사이좋게 다닌다

나무에는 수액이 돌지 않는다
앙상한 팔다리와 거친 숨소리를 매달고 있다
실내 이동식 변기에 뿌리를 박고
목발처럼 온종일 그 자리에 버티고 있다
나무색 벽지라 손때가 타지 않아
벽에 분칠하던 아버지가 와도 좋겠다
나도 임종을 지키지 못했는데
뿌리도 없는 숲을
나무가 찾을지는 미지수다

-「푸른숲 요양원」 전문

효(孝)를 근본으로 삼는 유교사회에서 요양원이나 요양병원은 별로 친숙하지 못한 장소임이 틀림없다. 이런 거부감에는 고려장이라는 풍습도 한 몫 기여했을 것이다. 고려장은 늙은 부모를 산속의 구덩이에 버려두었다가 부모가 죽으면 그 구덩이에 묻어 장례를 치르는 풍습을 말하지만, 오늘날에는 늙고 쇠약한 부모를 낯선 곳에 유기하는 패륜 행위를 일컫는 말로 쓰이고 있다. 그런데 이 설화는 '인간 70 고려장(高麗葬)'이라 하여 고려시대까지는 그러한 풍습이 있었다는 설과 함께, '인간칠십고래희(人間七十古來稀)'가 와전되어 고려장의 설화가 생겼을 뿐이지, 실제로 있었던 풍습은 아니라는 설이 있다.

그래서일까. 벽에다 똥을 처바를지언정 요양원에는 가지 않겠다고 말하는 사람들을 종종 본다. 또한 현대판 고려장이라며 요양원을 거부한 현대판 심청이도 많다. 하지만 복잡다

단한 현대사회에서 치매나 중풍 후유증으로 시달리는 부모님을 온종일 봉양에만 매달린다는 것도 한계가 있다.

> 어머니 방문 앞이 고요하다
> 대관령 굽이굽이 넘어가던 숨소리 들리지 않는다
> 헛기침으로 어머니 안부 묻는다
> 한발 늦은 걸까? 인기척이 없다
> 머리맡에 놓인 물그릇은 말랐는데
> 밤새 눈 덮인 소나무 숲을 지나
> 몇 굽이 넘어 태백산 같은 그곳으로
> 고추 팔러 다녀오셨는지
> 파도 넘실대던 숨소리 들리지 않는다
>   – 이은, 「매일매일 문상 간다」 부분

아무 기척이 없는 어머니 방문을 열고 이불깃을 당겨본다. 좀 전까지 죽은 것만 같았던 어머니는 벌떡 살아나 밥 달라고 조른다. 갑자기 숟가락을 들고 식탁을 두드린다. 이런 모습을 보고 있으면 가슴 아래 협곡에서 물 흐르는 소리가 들린다. 밤새 소변을 지렸는지 꽃순을 닮은 그곳이 젖어 있다. 어머니 방문 앞에서 으르렁 짖어 대는 강아지처럼 코끝을 세우고 꼬리를 치켜든다. 효(孝)라는 이름으로 잘 포장하더라도 날마다 문상 가는 심정으로 산다는 것은 너무 버거운 일이 아닐까.

최근에 개원한 요양원은 대부분 안락하고 쾌적하다. 사회 보장으로서의 공적 기능과 경쟁을 바탕으로 한 자본의 논

리가 합해져서 만들어 낸 합작품이다. 드림 요양원, 연지곤지 요양원, 노블레스요양원 등 이름만 들어도 가히 짐작이 간다.

내가 촉탁의사로 방문하는 요양원도 마찬가지다. 최신식 건물에 고급 인테리어로 치장하여 내부 환경이 쾌적할뿐더러 도심과 가까운 곳에 있어 보호자들이 자주 찾아오는 편이다. 요양원 원장과 요양보호사들도 친절한 편이어서 무척 편안해 보인다. 그렇지만 아무리 편안하다고 환자들의 심정까지 안락하지는 않은 것 같다.

100세 임박한 최고령 할머니는 마른 이파리처럼 둥그렇게 몸을 말고 누워 계신다. 귀가 절벽이고 눈이 멀어 아무런 자극에도 반응하지 못한다. 부화를 앞둔 애벌레처럼 가끔 몸을 뒤척일 뿐, 배고픔도 고통도 느끼지 못한다. 요의나 배변에 대한 감각도 상실한 지 오래되었다. 온종일 기저귀를 차고 요양보호사가 빨대로 떠먹이는 미음만 받아먹는다. 할머니는 눈도 마주치지 않은 채 가끔 모기만 한 목소리로 말한다. 빨리 죽게 해달라고. 빨리 죽었으면 좋겠다고. 사력을 다해 말하는 모습에서 결코 죽음을 두려워하는 흔적은 보이지 않는다. 온전히 자아를 상실한 자의 자연스런 죽음이 느껴질 뿐이다.

저곳은 멈춰 있는 기적

쭈그러든 심장에서

간간이 식물의 맥박 소리만 들린다

가느다란 숨소리는
꼬막껍질처럼 닫혀있다

동물과 식물의 중간지대에 서식하는
저 풍경은
육 년 째 눈도 귀도 열지 않는다

저곳은 숨 쉬는 씨앗

백 년이 지나면서
백팔번뇌도 사라지고
동물의 기척도 사라졌다

서서히 식물이 되어가면서
이승과 저승에 동시에 명부가 올라 있다

부화 혹은 부활을 꿈꾸는 동안
잠깐 날개를 퍼덕이는
저 화석인

－「우화등선」부분

    나이가 들면서 모든 생명은 그 기능이 서서히 퇴화한다. 고등생물인 인간에서 그 정도가 훨씬 심하게 느껴질 뿐이다. 전두엽의 위축으로 일상적인 감정의 변화가 적어진다. 좋은 일뿐 아니라 슬픔이나 외로움에도 반응하지 못하는 경우가 많다. 마지막 단계까지 퇴행하면 어린애처럼 큰소리를 지르거나 대소변을 가리지 못하는 경우도 생긴다. 이런 경우 극도로 우울해지거나 무기력해지기 마련이다. 하지만 의욕적으로 마지막 생을 불태우는 사람들도 적지 않다. 날마다 성경을 필사하거나 그림을 그리기도 한다. 손쉽게 접할 수 있는 컬러링 북은 정서안정뿐 아니라 스트레스 해소에 힐링까지 선사해준다. 누구나 고흐가 될 수는 없겠지만 고흐처럼 살 수는 있다. 햇볕 드는 요양원 벤치에 앉아 돋보기안경에 의지해 책을 읽는 어르신의 모습은 고독한 평화의 한 부분일 것이다. 더 이상 변화가 일어나지 않는 고요한 일상을 꼬박꼬박 기록하는 분도 계시다. 지독한 가난에 시달렸던 고흐가 그의 후원자이자 동반자인 네 살 터울의 동생 테오에게 세상을 떠날 때까지 주고받았던 편지처럼,

테오에게…
나는 성공이 끔찍스럽다. 인상파 화가들이 성공해서 축제를 열 수도 있겠지. 내가 두려워하는 것은 그 축제의 다음 날이다. 지금의 이 힘든 나날이 후에는 '좋았던 시절'로 기억되겠지.
글쎄, 적어도 비를 피할 수 있는 지붕 아래에서 잠들 수 있으려면, 그리고 우리가 살아있는 동안은 계속된 실패를 피하기 위해 꼭 해야 할 일을 해나가려면, 고갱도 나도 각오를 단단히 해야 하겠지. 바로 그 때문이라도 우리는 돈이 가장 덜 드는 곳에 정착해야 한다. 그래야 많은 그림을 그리기 위해 필요한 평

온을 누릴 수 있게 될 것이다. 그림을 얼마 못 팔거나, 전혀 팔지 못하더라도.

오로지 예술만을 지향한다면 요양원에서도 얼마든지 예술 활동을 지속할 수 있을 것이다. 실제로 많은 예술가들이 은퇴 후 더 열정적으로 글을 쓰고 더 격정적인 작품을 쓰는 것처럼. 이제 말년의 삶을 사는데 요양원은 필수 코스가 되었다. 요양원에 간다고 마치 삶을 포기한 듯 마냥 우울해할 필요가 없다. 요양원은 고려장이 아니라 영혼의 충전소가 되어야 한다.

나도 말년의 요양원을 그려본 적이 있다. 내게 주어진 인생의 모든 짐은 내려놓았으니 다가올 날들은 오로지 나만을 위한 시간일 터. 아침 일찍 일어날 필요도, 밤늦게까지 고민할 이유도 없다. 더는 자동차에 시동을 걸지 않아도 되고 논쟁으로 얼굴을 붉히지 않아도 된다.

뉴스와 이슈에 민감하지 않게 되고, 지구 반대편이 다시는 궁금하지 않다. 평생 지키느라 허덕거린 알량한 자존심도 물처럼 흘려버리고 너그럽게 사물을 관조하게 되는 말년의 요양원에서 나만의 노블레스를 꿈꾼다.

풍경화처럼 멀리서 바라보기만 했던 자연과 만나 꽃들과 대화하고 바람에게 근황을 묻는다. 그러려면 요양원은 빌딩 숲에서 벗어나야 한다. 압생트에 붓질은 아닐지라도 뜨끈한 커피 한 잔 마시며 마음 가는 대로 글을 쓸 수 있는 곳이라면 어디라도 좋을 것이다. 요양원은 외롭고 쓸쓸하고 고독한 노인들이 모여서 덜 외롭고 덜 쓸쓸하고 때로는 밝은 모습을 연출하기도 한다. 요양원은 생의 종착지가 아니라 새로운 기착지여야 한다.

늘 벼르기만 하고 도저히 손을 댈 수 없었던 마르셀 푸르스트의 '잃어버린 시간을 찾아서'를 한 장씩 넘기면서 아름답고 치열하게, 때로는 고통스럽게 살아낸 삶의 기억들을 건져 올릴 날이 머지않다. 마들렌을 곁들인 커피를 마시며 '노블레스'한 노년을 꿈꾸어 본다. 다분히 왜곡되어 있겠지만 그렇게 짧고 긴 기억들, 짧고 긴 슬픔을 되짚어 볼 수 있다면 그곳이야말로 진정한 노블레스 요양원이 될 수 있지 않을까.

무가당 레시피

텅 빈 12월의 하늘에서
눈 대신 각설탕이 쏟아진다
초콜릿이 가로수를 물들이고
슈가 파우더를 뒤집어쓴 패스트 푸딩이
한겨울을 장식한다
미끄러운 눈길도
솜사탕 같은 사연도 사라진 지 오래
세상은 각설탕처럼 반듯하지만
눈사람은 더 목이 탄다
첫눈을 기다리던 사람들이
아이스크림 가게로 몰려간다
강아지는 발을 동동 구르며
알사탕을 받아먹는다
찬 이슬 머금은 야채와
뜨거운 햇볕을 품은 과일을 향해
아무도 길을 걷지 않는다
설탕 길은 끈적거릴 뿐 녹지 않는다
포도당보다 더 풍요롭고 달콤한

설탕 세상이 왔다

당뇨 대란이 왔다

더 이상

한 발짝도 걷지 못한 눈사람이

두 눈 부릅뜨고

무가당 밥그릇을 핥고 있다

* * * * *

　이른바 당뇨 대란이다. 당뇨는 풍요가 가져다준 초대받지 않은 손님이다. 위장술이 뛰어난 이 불청객은 맛있거나 멋있거나 화려하거나 매혹적인 모습으로 나타나기 때문에 환호를 받는다.

　현재 우리나라 성인 당뇨병 환자 수는 당뇨 전 단계로 불리는 공복혈당 장애 환자까지 합하면 무려 1000만 명에 이른다. 1970년대에 불과 1% 미만으로 추정되던 당뇨 유병률이 경제가 발전하고 생활양식이 서구화되면서 10% 이상으로 급증했다. 특히 65세 이상 노인의 30%가 당뇨병을 앓고 있지만, 자신이 당뇨인지 모르는 사람이 절반이나 될 정도로 관리는 부실한 편이다. 당뇨병의 가장 대표적인 증상은 '3다(三多) 증상'이라고 부르는 다음, 다식, 다뇨이다. 혈당이 높아지면 소변으로 당이 배출되는데, 이때 포도당이 다량의 수분을 끌고 나가기 때문에 소변을 많이 보게 되고, 몸 안의 수분이 모자라 갈증이 심해 물을 많이 마시게 된다. 당뇨병의 주범이 설탕이란 사실은 익히 잘 알려져 있다. 19세기 이전까지 당뇨병은 희귀질환이었다. 설탕이 대중화된 19세기 말에서 20세기 초 당뇨병이 폭발적으로 증가했지만, 2차 세계대전과 같이 설탕 소비량이 줄어든 시기에는 당뇨병의 발병률도 확연히 줄어들었다.

　당뇨병은 예방이 치료보다 더 중요하다. 당뇨병의 발생을 최소화하기 위해서는 적절한 운동을 생활화하고, 표준체중을 유지하도록 균형 있는 식생활을 해야 한다. 아울러 지나친 정신적, 육체적 과로와 술을 절제하고 무분별한 약물의 남용을 피해야 한다. 40세 이상의 비만한 사람, 장기적으로 과도한 정신적, 육체적 스트레스를 받는 사람, 고혈압, 만성 간질환, 췌장질환, 갑상선질환 등의 내분비질환을 가진 사람은 1년에 한 차례 이상의 정기적인 검사를 받아야 한다. 가족력이 있는 경우 증상이 없더라도 더 자주 검사해야 한다.

> 반항만 일삼는 주먹들도
> 가계도엔 충실하다
>
> 검은 정장의 건장한 어깨들
> 모두 뚱뚱하고 모두 키가 작다
>
> 거룩한 유전자에
> 생활습관까지 서로 닮은 탓일까
> 대사증후군의 병력마저 사이좋게 나누어 가졌다
>
> ─「패밀리 블루」부분

　가족력을 동반한 대표적 질환이 대사증후군이다. 대사증후군은 유전적 소인과 환경적 요인이 복합적으로 작용하는데 신진대사와 관련된 여러 질환이 동반되는 증후군을 말한다. 복부 비만과 함께 고혈압, 당뇨병 등 각종 성인병이 동시다발적으로 발생한 경우를 말한다.

다섯 가지 기준 중 세 가지 이상에 해당하면 대사 증후군으로 진단한다.

1 허리둘레 : 남자 90cm, 여자 80cm 이상
2 중성지방 : 150mg/dL 이상
3 고밀도 지방 : 남자 40mg/dL 미만, 여자 50mg/dL 미만
4 혈압 : 130/85 mmHg 이상, 혹은 고혈압약 투약 중
5 공복 혈당 : 100mg/L 이상, 혹은 혈당조절약 투약 중

가족력은 유전적 소인과 환경적 요인이 작용하여 특정 질환에 대한 발병률을 현저히 높인다. 가족력은 혈연 간 유전자를 일부 공유한 것 외에도 비슷한 직업, 사고방식, 생활 습관과 동일한 식습관, 주거환경 등 특정 질병을 유발하는 환경을 공유하기 때문에 나타난다. 일종의 '후천적 유전자'가 원인인 셈이다. 가족력은 모든 질환에 영향을 미치기 때문에 문진에서 가장 중요하게 여기는 항목이기도 하다.

살 만큼 살았다고 박차고 나가지만
막상 나를 떠나는 순간
온갖 멸시와 천대를 겪으며 세상에 버려지는

머리카락이 그렇고
손발톱과 대소변이 그렇고
타액과 정액 또한 그렇다

한때 나였다가 나의 일부였다가

가장 추한 모습으로 나를 찔러대는

뼈와 살을 내어 주마더니
간까지 빼어 주겠다더니
손가락을 잘라 맹세하더니

부딪치면 깨졌다
떨어져 있을 땐 그리움으로 출렁이는 불빛마저도

잠깐 스쳤다 사라져버린 꿈과
오래도록 나를 옭아맸던 신념과
영원히 내 곁에 있으리라 믿고 싶은 사랑

내가 집이라고 굳게 믿고 들락거렸던

　　　　　　　　　　　　　　　　　－「동거」전문

　가족이란 사랑과 희망을 전제로 하는 최소한의 운명 공동체이다. 하지만 한 꺼풀만 벗겨 보면 폭력과 절망이 난무하기도 한다. 고통의 파편들이 한데 모여 더욱 단단한 공동체의 장을 이룬다. 그들은 서로 부딪치고 할퀴지만 잘 깨지지 않는다.

　둥근 밥상머리 서사는 가족 간 사랑이지만 긴장의 연속이다. 도란도란 식사하다가도 어디선가 볼륨이 커지곤 한다.

　정신분석학에서 사용하는 용어 중 아브젝시옹(abjection)이란 단어가 있다. 우리 몸의 정상 체액인 피, 정액, 침, 대소변 등이 여기에 해당하는데 비열, 타락, 비참 등의 뜻이 있다. 몸 안에 있을 때는 정상적인 기능을 수행하지만 몸 밖으로 나가는 순간 욕지기 나는 더러움으로 변하고 만다. 폐기되는 자아의 파편들로 카타르시스의 개념과도 일맥상통한다. 이것은 정화 작용을 의미하기도 한다. 가족의 구성과 해체도 이와 비슷한 속성을 가지고 있지 않을까.

즐겨 보는 TV 프로그램 중에 〈나는 자연인이다〉가 있다. 가족의 품을 떠나 자연에서 홀로 살아가는 모습을 담고 있다. 처음엔 저렇게 사는 사람이 몇이나 될까, 머지않아 사라지겠지 했는데 어느덧 장수 프로그램으로 자리 잡았다. 그 프로를 보고 '나는 자연인이다' 키즈가 탄생한 것이다. 덕분에 소재 고갈로 인한 종영의 고민은 사라졌다. 그들은 가족의 품으로 돌아가고픈 심정을 어딘가에 숨기고 있다. 한결같이 산속 생활이 행복하다고 말하지만 그들의 눈빛은 하나 같이 외로움으로 가득하다. 가족의 품을 그리워하고 가족과의 재회를 소망한다. '부딪치면 깨지지만 떨어져 있을 땐 그리움으로 출렁'이는 것이다. 심지어 방송인이나 제작자와 헤어질 때조차 서운함을 숨기지 못한다. 사회를 등지고 '나는 자연인이다'를 외치며 살아가는 그들 역시 사회적 동물임을 역설적으로 보여주는 것이 아닐까.

당뇨에 관해 이야기하다 보니 가족에 관한 이야기가 많아졌다. 가족이라는 질긴 인연은 병력과도 상통하기 때문이다. 코로나 이후 영락없는 삼식이가 된 기분이다. 일요일은 좀 느긋하게 지낼까 싶지만, 여지없이 돌아오는 세 끼 식사 앞에 맥없이 무너지고 만다. 비대면이 생활화되어 있으니 배달 음식은 기본이다. 어느새 주변 음식점을 소개하는 홍보 화면을 검색하고 있다. 그렇게 내 몸 안의 시한폭탄인 당뇨는 호시탐탐 우리 몸을 넘보고 있다. 100미터마다 하나씩 있는 편의점에는 수많은 인스턴트식품이 즐비하고, 우리는 24시간 자유롭게 드나들며 당뇨님을 즐겁게 먹어 치운다. 세 집 건너 하나씩 있는 치킨집은 언제나 성황 중이다. TV 광고의 반 이상을 차지하는 치킨 광고는 보암직도 하고 먹음직도 하여 유혹에 넘어가지 않을 도리가 없다. 인기 연예인들이 씹고 먹고 맛보는 모습에 홀려 부지불식간에 주문 앱을 클릭한다. 먹음직스러운 탕수육을 앞에 놓고 고민하는 이유는 단 하나. 찍먹이냐 부먹이냐다.

피자, 치킨, 탕수육은 혼자 먹는 음식이 아니다. 총알 배달하는 라이더의 도움으로 온 가족이 둘러앉아 아직 식지 않은 배달 음식을 먹고, 후식으로 커피 믹스를 마신다. 당뇨천국이 따로 없다.

최근 많은 이들의 입맛을 사로잡고 있는 소위 '단짠 단짠'한 음식은 당뇨병 발병률을 높이고, 혈관 건강에 악영향을 미칠 수 있다. 최근 먹방에서 다뤄지는 달고 짭짤한 음식이 과식을 불러온다. 포만감을 느낄 새가 없거나 충분한 포만감에도 불구하고 음식을 많이 먹게 되어 비만이나 당뇨병으로 이어지는 것이다. 이들 음식의 단맛은 설탕이나 고과당 같이 먹자마자 바로 흡수되는 많은 양의 단순당에 기인한다. 단순당은 먹을 때는 행복한 느낌을 주고, 금방 기운을 돋운다. 하지만 혈당을 조절하는 기관인 췌장에 과도한 업무를 주어 췌장 세포의 사멸을 유도한다. 결국 제2형 당뇨병의 원인이 된다.

당뇨 환자를 마주하면서 가장 많이 듣는 질문은 '한번 약을 먹으면 평생 못 끊는가'이다. 당뇨약은 한 번 복용하기 시작하면 약을 끊을 수 없고 약에 대한 부작용도 많다는 것이다. 그래서 한사코 거부하는 경우가 있다. 결론부터 말하자면 그렇지 않다. 혈당이 높으면 반드시 치료해야 하는 것은 사실이지만 상당한 수의 환자들은 약을 끊고서도 정상 혈당을 유지할 수 있다. 물론 약을 복용하거나 끊는 것은 의사와 상의하여 결정해야 한다.

'당뇨는 완치가 불가능한가' 역시 많이 듣는 질문 중 하나이다. 최근 의학 뉴스를 접하다 보면 수년 내에 당뇨병이 완치될 수 있으리라 기대해 보기도 한다. 하지만 당뇨병은 생활습관병이다. 부적절한 식사, 운동 부족, 과도한 스트레스 등 생활 습관의 개선 없이는 어떠한 첨단 치료법도 소용이 없다는 사실을 직시해야 할 것이다.

일찍이 경고했던 당뇨 대란이 현실로 다가오고 있다. 하지만 두려워하거나 회피할 필요 없이 당당히 맞서야 한다. 당뇨병 관리에 의지를 다지고 무절제한 생활을 청산하면 얼마든지 건강한 삶을 영위할 수 있기 때문이다.

만약 당신이 당뇨병으로 진단받는다면 그와 친구가 되어 여생을 함께 걸어가야 할 것이다. 가끔은 부담스럽고 가끔은 다투기도 하면서 일생을 함께하는 동반자처럼.

간에 기별하다

벼룩시장의 정보를 취합하여
네 징후를 포착한다
몸속의 소식들은
언제나 한발 늦기 마련이다
진검승부를 펼치기도 전에
몸을 꺾어버리는 너의 비겁함을
술잔은 똑똑히 기억하고 있다
단기기억은 해마가 관장하고
장기기억은 대뇌피질이 저장한다지만
술 취한 너에 관한 기억이라면
씁쓸한 입술과 어리석은 간뿐이다
인생에서 승부란 늘 뻔한 이치다
목소리 센 놈이 일견 유리해 보이지만
누군가의 마음을 취하게 하는 자가
해마 속에 파고들고
누군가와 마음을 섞는 자만이
대뇌피질에 자리 잡는 것이다
고래고래 소리 지르면서도

누구와도 마음 섞지 못하고
세상을 향해 헛구역질만 해대는
멍청한 간이여,

내 술이나 한잔 받아라

* * * * *

　간(肝)은 침묵의 장기이다. 그래선지 간에 대한 속설도 많고 풍자도 많다. 간은 배 밖으로 튀어나오기도 하고 심하게 붓기도 하고 콩알만큼 줄어들기도 한다. 쓸개와 한통속이 되어 벼룩의 간을 빼먹기도 한다. 간담이 서늘해지기도 하고 깜짝 놀라 떨어지기도 한다. 인체의 화학공장으로 불리는 간은 여러 가지 물질을 분해, 합성, 저장하며 해독 작용도 한다. 한마디로 우리 몸이 기본적 기능을 유지하고 외부의 해로운 물질로부터 생명을 지키는데 필수적인 장기인 것이다. 하지만 이토록 중요한 기능을 수행하면서도 별다른 증상을 호소하지 않는다. 심하게 망가지고 나서야 비로소 자신의 아픔을 표출한다.

　간과 술은 불가분의 관계이다. 간에 대해 이야기하려면 먼저 술에 관한 이야기를 하는 게 맞을 것 같다. 우리가 마신 술은 장에서 흡수되어 간을 거쳐 대사되는데, 알코올이 분해되는 과정에서 생기는 대사물질이 바로 간 손상의 주범이기 때문이다.

　술은 알코올 성분이 1% 이상 들어있는 모든 음료를 말한다. 술의 역사는 인류에 대한 역사와 그 맥을 같이 한다고 해도 과언이 아니다. 법적으로 널리 허용되는 중독성 약물은 알코올, 카페인, 담배인데 이 중에서 가장 오랜 역사를 지닌 것 역시 알코올이다. 원시시대에 나무에서 과일이 떨어져 발효된 것을 원숭이가 마시고, 그 후 인간들도 같이 마시며 자연스럽게 술의 기원이 되었으리라 추측한다.

탈무드에 나온 술의 기원은 사뭇 교훈적이다.

이 세상에서 최초의 인간이 포도나무를 심고 있었다. 그때 악마가 찾아와서 무엇을 하고 있냐고 물었다. 인간이 대답했다. "나는 지금 놀라운 식물을 심고 있지. 이 식물에는 아주 달콤하고 맛있는 열매가 열리는데, 익은 다음 그 즙을 내어 마시면 아주 많이 행복해진다." 그러자 악마는 동업자를 자청하고 양과 사자, 원숭이, 돼지를 끌고 왔다. 그리고는 그것들을 죽여 그 피를 거름으로 썼다. 포도주는 이렇게 해서 세상에 처음 생겨났다고 한다. 그래서 술은 처음 마시기 시작할 때는 양처럼 온순하고, 조금 더 마시면 사자처럼 사나워지고, 좀 더 마시면 원숭이처럼 춤추거나 노래한다. 그리고 더 많이 마시게 되면 토하고 뒹구느라 돼지처럼 더럽게 된다. 이것은 악마가 인간에게 준 선물이었다. 악마가 인간을 찾아가기가 너무 바쁠 때는 대신 술을 보낸다.

그렇다고 술이 꼭 악마의 편에 서 있는 것만은 아니다. 술은 우울감과 긴장감을 단번에 해소해 준다. 서먹한 인간관계도 한순간에 풀리게 한다. 평소에는 용기가 없어 하지 못 했던 말이나 행동도 거침없이 할 수 있는 마법 같은 존재이다.

그리스 비극 작가인 에우리피데스는 "한 잔의 술은 재판관보다 더 빨리 분쟁을 해결해 준다."라고 했으며 히포크라테스는 "술은 음료로써 가장 가치 있고 약으로써 가장 맛이 있으며 음식 중에서 가장 사람을 즐겁게 해주는 것"이라며 술의 순기능을 예찬했다. 하지만 술은 광기와 중독을 불러 온다. 랭보의 연인으로 유명한 베를렌을 어둠의 끝까지 몰고 간 것은 당시 유행했던 '압생트'였다. 알코올 도수가 70~80 도에 이르는 압생트는 19세기 후반 유럽, 특히 프랑스 파리 의 예술가들이 열광하던 술이었다. 베를렌, 랭보를 비롯한 시인들과 고흐, 모네 등 인상파 화가들, 피카소, 헤밍웨이 등 도 이 술의 마력에 빠져들었다. 압생트가 예술가들에게 인기 가 많았던 것은 환각을 일으켰기 때문이다.

술은 결국 인생을 파국으로 안내한다. 처음에는 사람이 술 을 마시다가 술이 술을 마시게 되고, 나중에는 술이 사람을 마신다는 말처럼 달콤함이 나락을 불러온다. 애주가와 주정 뱅이는 인생 한 끗 차이다. 그 출발은 같지만, 끝은 심히 다 르다. 주정뱅이의 특기는 거짓말과 변명이다.

당신은 왜 불행한 그림자를 되찾으려 하는가

자꾸만 침대의 머리를 거꾸로 돌리려 하는가

이미 잠든 그림자를 깨워 수면제를 먹이려 하는가

죽고 사는 일을 술 끊는 일처럼 반복하려 하는가

술독에 빠진 그림자를 구름 속으로 슬쩍 밀어 넣었다 하루치의 우울을 잘 말려 담장 뒤편에 내걸었다 구름에 가려 보이지 않던 절망이 허공에 떠도는 소문처럼 풀려나갔다 오래된 눈물이 바람에 날려 빨래처럼 펄럭였다 달의 뒤편으로 사라진 그림자의 행방을 다시 수소문했다 아무도 그 병에 대해 알지 못했기에 누구든지 변명할 수 있었다

－「병명이 없는 변명」부분, 『청진기 가라사대』

　의사로부터 술과 담배에 대한 경고를 듣지 않은 사람은 드물 것이다. 음주량은 유전적인 특징이나 성별에 따라 개인적인 차이가 있다. 비교적 안전하다고 여겨지는 음주량은 남자는 일일 40g, 여자는 일일 20g 이하이다. 모든 술에는 그 술에 걸맞은 잔이 있다. 한 잔에 포함된 알코올의 양은 대략 8~10g 정도이다. 그러므로 안전한 하루 음주량은 각자의 잔으로 서너 잔가량이다.

　알코올중독은 마시는 술의 양이나 빈도도 중요하지만, 그것만으로 진단하는 것은 아니다. 음주로 인한 행위가 일상생활, 직업적 사회적 기능에 영향을 줄 정도인가를 생각해 보아야 한다. 건강상이든 대인관계 문제든, 음주로 인해 안 좋은 결과가 예상되는데도 음주를 멈추거나 조절할 수 없다면 강력히 의심해 봐야 한다. 알코올중독에 관한 자가진단법이 있지만, 항목 수가 많고 주관적인 질문들로 이루어져 정확한 데이터를 취하기 쉽지 않다. 객관성을 담보하기 위해 본인과 가족이 동시에 문답에 참여하지만 역시 한계가 있다.

　알코올중독 환자들의 기행은 이루 말할 수 없을 정도이다.

몇 가지 특징을 열거하자면 그들은 거짓말을 잘한다. 핑계와 자기 합리화, 궤변에 능숙하다. 화를 잘 내고 쉽게 흥분한다. 술을 마시기 위해 수단 방법을 가리지 않는다. 지키지 않을 약속을 수시로 한다. 남 탓을 하며, 자신은 아무 잘못이 없다고 억지를 부린다. 자신은 알코올 의존증이 아니라고 생각한다. 자기를 건드리지만 않으면 화를 내지 않는다고 말한다. 등 뒤에서 잡아먹을 듯한 눈빛으로 노려본다. 폭언, 폭력, 욕설한 뒤엔 기억을 못 한다고 한다.

> 술에 취하여
> 나는 수첩에다가 뭐라고 써 놓았다.
> 술이 깨니까
> 나는 그 글씨를 알아볼 수가 없었다.
> 세 병쯤 소주를 마시니까
> 다시는 술 마시지 말자
> 고 써 있는 글씨가 보였다.
>
> — 김영승, 「반성 16」 전문

장기간 알코올을 섭취하게 되면 신경파괴가 일어나서 기억력이나 집중력, 실행 기능에 문제가 생기게 된다. 알코올이나 담배, 마약과 같은 중독성 물질은 전두엽에 영향을 주어 비정상적인 쾌락을 유발하며, 지속적으로 마시고 싶은 갈망을 유발한다. 이제 그만 마시라는 조절력을 상실하고만다. 그러다가 알코올성 치매로 발전하기도 한다. 또한 지속적으로 알코올을 섭취하게 되면 지방간이 발생한다. 지방

간은 간염으로, 만성화된 간염은 간경화로 진행된다. 간경화가 간암으로 이어지는 예도 있다. 하지만 이렇게 진행되기 전에 대부분 그들은 생활능력이 사라지고 사회의 낙오자로 전락하고 만다. 결국, 간이 병들기 전에 그것을 내다 팔아야 할 운명에 맞닥뜨릴지도 모른다.

팝니다 권리금 없습니다 시설비 조금 인정하시면 바로 드립니다 보수유지비가 만만찮을 것이라구요 철거비가 더 들 거라구요 솔직히 동의합니다 분해효소가 없어 소주 한 잔 이상 안 받고 이래저래 속 끓이는 날 많았으니 오죽하겠습니까 그래도 몇 군데 손보면 바로 일을 시작해도 될 만큼 쓸 만합니다 형편 닿는 한 좋은 자재를 썼거든요 내놓을 날 올 줄 누가 알겠습니까 평생 쓰겠다 작정하고 큰맘 먹고 준비했지요 처음 시작할 때야 누군들 희망 아니겠습니까 급매물건이라고 더 깎으시면 벼룩의 간을 빼먹겠다, 는 겁니다 대신 덤으로 쓸개까지 얹어 드리지요 체질이 맞는지 거부반응은 없을지, 검사 일정부터 맞추어볼까요

팔려고 내놓은 간을 쓸고 닦는다 바위 위에 꺼내 말렸다가 다시 들여놓기를 몇 번인가 반복한 후에
　　　　　　　　　　　　－ 최정란, 「벼룩시장에 간을 내놓다」 전문

나는 술을 예찬하지 않지만 그렇다고 비난하거나 혐오하지도 않는다. 그래도 환자를 대하면 술을 줄이고 담배를 끊으라는 경고는 잊지 않는다. 담배는 백해무익이지만 적당히

마시는 술은 몸에 좋다. 적당하면 약이 되고 지나치면 독이 되는 파르마콘의 비밀이 술에 감춰져 있다. 정당한 노동의 하루를 마치고 저녁노을을 바라보며 기분 좋게 마시는 술이라면 해가 되지 않을 것이다. 삶의 낙으로 삼고 친구와 함께 마시는 술은 분명 우리의 삶을 더 알차게 만들어 준다. 그래도 과음은 삼가야 한다.

경기가 나쁠수록 소주 판매량은 증가한다는 통계가 있다. 술집에는 저마다의 이유로 술을 마시는 사람들이 넘치기 때문이다. 하지만 지난해는 불황에도 음주량이 감소했다. 코로나 방역 영향으로 사람들이 술을 마시는 횟수나 양 모두 줄어든 것이다. 술을 마시는 장소도 주점보다 집에서 마신 경우가 더 많았다. 다만 폭음이나 만취 등 건강에 해로운 고위험 음주 비율이 증가하고 특히 10대의 음주 비율이 대폭 상승한 것으로 분석됐다. 술을 마시는 상대도 친구나 선후배 직장 동료에서 가족, 배우자 혹은 혼술의 비율이 크게 높아졌다고 한다.

혼술은 해본 적도 없거니와 집에서도 반주를 곁들여 술 한잔해본 일도 없으니 술에 대해서라면 할 말이 없다. 내 평생 간절히 술이 마시고 싶었던 적이 있었던가. 거의 없었다. 나 자신도 믿을 수 없지만, 그것은 사실이다. 그러니 주사도 있을 리 없고 술자리에서 흥이 넘치지도 않는다. 당연히 재미가 있을 리 없지만 그렇다고 술자리를 꺼리지 않는다. 술을 예찬하는 사람들과 함께 어울려 분위기로 술을 마시는 기분도 퍽 괜찮다.

사람들은 한잔 술은 근심 걱정을 없애고, 두 잔 술은 도인의 경지에, 석 잔 술은 신선의 경지에 오르고 넉 잔 술엔 학이 된다고 한다. 다섯 잔을 마시면 염라대왕과도 맞먹는다고 하니 술의 힘이란 그 얼마나 위대한 것인가?

'주류(酒類)문학의 위엄'이라는 칭호를 받은 〈안녕 주정뱅이〉의 작가 권여선은 "반복은 지옥이기 때문에 망각이 필요하다. 술에 취해서 필름이 끊기는 망각은 그런 의미에서 작은 죽음이고, 다시 새로운 삶을 시작할 수 있게 해준다."라고 말했다. 등단작부터 술이 등장하는 소설을 통해 암암리에 애주가임을 짐작게 했던 작가가 이젠 만천하에 드러내놓고 자신이 '주정뱅이'임을 커밍아웃 한 것이다. 인생이 던지는 잔혹한 농담 앞에서 인간을 병이 들거나 술을 마시는 형태로 보여준 그녀. 하지만 분명히 말하건대 술에 대한 집착은 누구도 미화할 수 없는 깊은 병이다.

로마의 철학자이자 정치가인 세네카는 행복론을 통해 "쾌락을 정복하는 그 날, 고통도 충분히 정복할 수 있다. 주변에서 흔히 볼 수 있듯이 육체의 쾌락과 고통의 노예가 된 자들은 사악하고 고통스러운 노예 생활을 하게 마련이다. 우리는 그런 무절제한 독재자에게서 탈출해 자유를 쟁취해야만 한다."라고 말했다. '쾌락을 정복하면 고통도 정복된다.'는 세네카의 가르침을 술잔에 가득 채워 큰소리로 외친다.

위대한 간이여, 내 술이나 한잔 받아라.

제3부

전두엽 축제

버거씨의 금연 캠페인

파이프 오르간 같은 성기를
두 입술 사이에 넣고 힘껏 빨아들인다
누런 이빨 사이
황홀한 치모가 알몸으로 활활 타오른다
절정의 순간 사그라드는 귀두처럼
제 한 몸 온전히 불사르고
그 잿빛 향기로 쌕쌕거리는 텅 빈 허파,
수챗구멍의 폐부를 따라
매캐한 타르 연기가 가는 혈관을 막을 때마다
한 모금씩 타들어 가는 뼈마디
극심한 통증이 혈관 벽을 쏠 때마다
담뱃재를 털듯
썩어 문드러진 종아리를 떨고 있는 버거씨
의족처럼 널브러진 꽁초들이
재떨이에 수북하다

* 버거씨병: 혈전 때문에 혈관 벽이 막히는 질환으로 손이나 발, 주로 무릎
  아래의 혈관에 괴사가 생기며 대부분 흡연과 연관되어 있다. 병명은 이
  질환을 처음 보고한 미국의사 레오 버거의 이름에서 유래함

* * * * *

　예술가의 초상에는 담배를 입에 문 모습이 많다. 실존의 고독을 담배로 표현한 듯한 알베르 카뮈의 이방인 표지, '절규'로 유명한 에드바르크 뭉크의 자화상도 담배와 함께한다. 스스로 잘라버린 귀를 붕대로 감고도 여전히 파이프를 물로 있는 반 고흐의 자화상은 처연하기까지 하다.

　'나와 시와 담배는 삼위일체'라며 하루에 담배 9갑을 피웠다는, 오죽하면 호까지도 꽁초의 변음으로 공초라 했던 시인 오상순은 또 어떠한가. 파이프를 문 시인 박목월, 줄담배를 피우며 대하 장편 '토지'를 써 내려간 소설가 박경리도 빼놓을 수 없다. 어쩌면 예술과 담배는 연인처럼 가까운지도 모른다. 하지만 요즈음 문학 모임에 나가보면 예전처럼 낭만적으로 담배를 입에 문 시인을 찾아보기 쉽지 않다. 비단 문학 모임뿐 아니다. 의사 모임이나 동창 모임에서도 마찬가지다. 요즘 담배 피우는 모습을 찾기란 호랑이가 담배 피우는 모습을 보는 것만큼 어려워졌다.

　나도 한때 애연가였다. 좁은 골방에서 담배 연기로 도넛 모양을 만드는 친구들을 흉내 내다가 자연스레 빠져들었던 담배. 담배를 꼬나문 영화 속 주인공이나 고뇌에 찬 모습으로 장미 담배를 피우던 바둑 황제 조훈현의 모습이 그럴듯했다. 헤비스모커는 아니지만, 바둑을 둔다거나 술 한잔하고 나면 나도 모르게 담배를 입에 물곤 했다. 거의 모든 질병의 원인으로 담배가 지목됐지만, 금연의 동기를 부여하진 못했다. 힘들고 고달픈 수련의 시절도 담배는 오래된 벗처럼 내 곁을 떠나지 않고 든든한 버팀목이 돼 주었다.

저 숲속 깊은 곳으로 가면 무가당 담배 클럽이 있다네. 어떤 사람들은 그걸 애연가 클럽으로 알고, 또 어떤 사람들은 담배를 끊으려는 금연 동맹 정도로 아는데, 무가당 담배 클럽은 도심에 호랑이를 풀어놓기 위한 시민연합과 차라리 그 성격이 비슷하다네. 얼음이 물이 되고 종달새가 우는 봄이 오면 무가당 담배 클럽에서는 무슨 일이 일어나고 있나, 아는 사람은 다 알지. 무가당 담배 클럽에서 봄을 맞이하여 첫 번째로 하는 일은 지난겨울 클럽에서 읽던 책들을 절구통에 넣고 빻아서 떡을 만들어 먹는 일, 겨우내 얼어붙었던 얼음 맥주의 강을 망치로 부수어 마시는 일, 그리고 그 강물 속에서 술에 절어 겨울잠을 자던 술고래들을 낚시하는 것

– 박정대, 「무가당 담배 클럽에서의 술고래 낚시」 부분

80년대식 음악다방은 그야말로 무가당 담배클럽의 전형적인 모습이었다. 낭만의 지하에는 통기타와 맥주, 장발이 죽치고 있었다. 그들은 팝송이나 포크송을 들으며 담배 연기를 뿜어댔다. 그 시절 무가당 담배클럽은 술고래들의 인공 낙원일지도 모른다. 술고래들은 취기가 오르면 비로소 어둠에서 깨어나 물고기처럼 펄쩍펄쩍 뛰며 미래에 대한 불안을 떨쳐버리곤 했다. 시끄러운 음악과 어두컴컴한 조명 사이

에서 서로의 존재를 확인할 수 있는 거라고는 담배 불빛뿐이었다. 허공을 향해 떠오르는 도넛 모양의 담배 연기는 암울한 사회적 분위기에서 한 가닥 희망과도 같았다. 생면부지의 사람들과도 통성명처럼 담배를 주고받았다. 술집을 가도 카페를 가도 맨 먼저 권하는 게 담배이다 보니 누구나 손쉽게 담배의 유혹에 빠져들었다.

담배가 유일한 희망이고 낙이었던 시절이었다. 다방 문이 열릴 때마다 고개를 돌려봐도 그녀의 모습은 보이지 않았다. '첫눈 오면 다시 만나요.' 그것도 땡볕이 한창인 8월의 크리스마스에 이별을 통보한 그녀가 마지막 약속을 기억하고 있을까. 재떨이엔 담배꽁초만 수북이 쌓여갔다. 종업원이 몇 번이나 재떨이를 비워낼 때까지 그녀는 나타나지 않았다. 성냥개비 우물을 지었다 허물기를 반복하고 나서야 약속 장소가 바뀌었다는 사실을 깨달았다. 핸드폰도 없고 문자메시지도 불가능한 80년대식 약속이 새천년을 훌쩍 넘긴 이 시대에도 과연 유용할까. 담배가 없었다면 외롭고 독한 그 시간을 어떻게 견딜 수 있었을까.

내가 금연을 결심한 것은 개원하고 나서부터였다. 담배 냄새 풀풀 나는 입으로 환자한테 담배의 폐해에 관해 설명하자니 몹시 불편했다. 비누로 깨끗이 손을 씻고 열심히 양치질했지만, 몸에 밴 냄새는 어쩔 수 없었다.

고등학교 때부터 담배를 피웠다는 천식 환자에게 담배 피우면 큰일 난다고 경고했다. 한참 듣고 있던 젊은 여자 환자가 불쑥 한마디 던졌다.

"근데 담배 냄새나는 걸 보니 원장님도 담배 피우시나 봐요?"

나는 그날로 정든 담배와의 인연을 정리할 수밖에 없었다.

이제 금연은 시대적 사명이 되었다. 흡연자들에게는 그만큼 버거운 시대가 도래한 것이다. 흡연은 제한된 구역에서만 가능하다. 병원이나 극장은 물론이거니와 식당이나 술집에서도 담배 피우는 사람을 찾아보기 힘들다. 길거리에서도 마찬가지다. 어쩌다 담배 피우는 사람을 보면 흉측한 벌레 보듯 한다. 흡연자들이 설 땅은 점점 좁아져 더는 숨을 공간이 없다.

담배의 유해성은 익히 알려져 다시 설명할 필요가 없다. 폐암뿐 아니라 방광암 구강암 후두암 식도암 등 여러 가지 암의 직접적 원인이 된다. 흡연자의 혈액 속에는 일산화탄소의 농도가 높아 폐기종 만성 폐쇄성 폐질환을 유발할 뿐 아니라 관상동맥 등 심장 질환에도 중대한 영향을 미친다. 임산부가 흡연하면 조기유산, 미숙아 출생뿐 아니라 태아의 지능이나 신체 발육에도 치명적일 수 있다. 간접흡연으로 인한 사회적 피해도 심각하다 보니 가정과 공공장소에서 금연문화 정착이 필요하다.

이런 담배의 폐해를 줄이기 위해 액상형 전자담배가 유행한 적도 있지만 이에 대한 피해도 만만치 않다. 국내에서도 액상형 전자담배 사용자에서 폐 손상 의심사례가 신고됐다.

마침내 정부가 나서서 전자담배 사용을 중단할 것을 강력히 권고한 바 있다. 또한 청소년·여성 등에게 쉽게 흡연을 유도하는 담배 내 가향물질 첨가를 단계적으로 금지키로 했다.

그래서일까 흡연자들은 누구나 정초가 되면 금연을 결심한다. 담배의 유해성을 잘 알기에 금연 시도도 많지만, 매번 작심삼일을 넘기지 못하고 만다. 금연에 성공하지 못하는 이유는 담배의 성분 중 중독성을 일으키는 니코틴 때문이다.

니코틴은 쾌락중추의 도파민을 유발하여, 잠시 각성 상태로 만들어 준다. 도파민은 행복 호르몬이라고 불리는 만큼 중독도 심하다. 니코틴의 중독성은 아편의 중독보다 더 심각하다.

담배는 마약이다. 단지 금연운동을 위한 비유가 아니라, 실제로 세계보건기구에서 지정한 마약이다. 법적으로는 기호식품의 일종으로 취급되지만 의학적으로나 학술적으로는 엄연히 마약류로 분류된다. 마약임이 분명한 담배가 통용되는 가장 큰 이유는 전통적인 기호품 산업이기 때문이다. 이미 일상적으로 깊게 뿌리내려 있어 완벽하게 근절하는 것은 불가능에 가깝다. 따라서 대부분의 국가는 '금지하지는 않되, 높은 세금을 물리며, 권유하지 않고 금연을 지원'한다. 하지만 자신의 의지만으로 금연에 성공하는 경우는 극히 드물다. 금연 패치나 금연 껌 등 이런저런 방법을 시도해 보다가 모두 실패한 경우, 보건소에 방문하여 금연 교육을 받거나 금연 클리닉을 방문하기도 한다.

중년의 남자가 금연 상담을 위해 진료실 문을 열고 들어온다. 보아하니 담배에 쩔은 듯 누런 치아가 도드라져 보인다. 니코틴 의존도를 평가하기 위해 몇 가지 질문을 한다.

하루에 보통 몇 개비나 피우십니까?
아침에 일어나서 첫 담배는 얼마 만에 피우십니까?
도서관, 극장, 병원 등 금연구역에서 담배 참기가 어렵습니까?
담배 맛이 가장 좋은 때는 아침 첫 담배입니까?
오후나 저녁보다 오전 중에 더 많이 피우십니까?
몸이 아파 하루 종일 누워 있을 때도 담배를 피우십니까?

생각했던 것처럼 니코틴 의존도가 심한 편이다. 하지만 금연에 대한 의지도 담배 연기처럼 활활 타오른다. 손주가 태어나기 전 반드시 실천해야 한다고 비장한 각오를 말한다. 나는 몇 가지 당부하고 일주일 처방전을 건넨다. 금단 증상과 약 부작용에 대한 주의 사항도 함께. 그가 일주일 후에 다시 방문할지는 미지수지만 느낌은 좋은 편이다. 동기 부여가 확실할수록 성공 확률도 높기 때문이다. 그에게 축하 인사를 하고 격려와 지지를 보낸다. 새해에는 손주와 담배 없는 맑고 청명한 삶을 살 수 있으리라고.

건강이 온 국민의 화두가 되면서 금연에 대한 상담과 치료를 동네의원에서도 시행하게 됐다. 동네의원의 금연치료는 초창기 흡연율 감소에 상당한 효과가 있었던 건 틀림없다.

그렇다면 몇 년이 지난 지금은 어떨까?

처음 예상한 바에 비하면 초라한 성적표임이 틀림없다. 지속적인 흡연율 감소를 위해 뭔가 새롭고 획기적인 대책이 필요하다. 금연에 대한 경각심을 다시 일깨우고 여러 채널을 통해 홍보를 지속해야 한다. 대중 매체를 활용한 공익 광고도 하나의 방법이다.

"국가에서 치료비 전액을 지원하는데, 담배 계속 피우게 방치하실 겁니까?" 생활습관병 학회에서 내건 금연 강의 제목이다.

담배에 새겨진 문구도 점점 더 강렬하고 직접적인 표현으로 바뀌어 간다.

"임신 중 흡연은 유산과 기형아 출산의 원인이 됩니다."라는 경고 문구는 "흡연하면 기형아를 출산할 수 있습니다."로 "폐암의 원인 흡연, 그래도 피우시겠습니까?"는 "폐암 위험, 최대 26배! 피우시겠습니까?"로 대체되었다.

다리 한쪽이 담배꽁초처럼 새까맣게 타들어 가는 금연 포스터를 보고 나도 버거씨병을 앓는 상상을 한 적이 있다.

"담배를 끊는 것은 가장 쉬운 일이었다. 왜냐하면 나는 하루에도 수천 번씩이나 끊었기 때문이다."(브루스 보헬)

"모든 것에는 '처음'이 단 한 번밖에 없는 반면에 담배는 '마지막'이 셀 수 없이 많다."(마크 트웨인)

명사들의 금연 캠페인 문구는 오히려 소박한 편이다. 금연에 대한 열망은 강하지만 흡연 욕구 또한 강하다. 담배를 가리켜 '영적인 카리스마를 가진 존재'라고 말한 이도 있으니.

황현산 문학평론가는 "글 쓰는 사람은 담배 힘으로 글을 쓰지만, 우리에게 담배 한 개비만큼의 기쁨도 주지 못하면서 담뱃값을 올린 정부가 괘씸해 끊었다"고 일갈했다.

백해무익한 담배 대신 백익무해한 기호식품은 없을까. 담배처럼 다정하고 담배처럼 기쁘고 담배처럼 슬프고 담배처럼 포근하고 담배처럼 친구가 되고 담배처럼 희망이 되고 담배처럼 위안을 주는….

요요현상을 극복하지 못한 비만클리닉에서 누와 악어의 눈물의 염분농도 차이 분석

연구 목적

비만 처방을 받고 단기적 체중감량에 성공하였으나 요요현상을 극복하지 못한 환자들의 고충에 관련한 인자를 분석코자 하였다

연구 방법

2013년 7월부터 2015년 6월까지 요요클리닉에서 BMI(체질량지수) 30 이상으로 진단받고 다이어트 처방을 받은 환자 108명을 대상으로 전향적 추적검사를 진행하였다

결과 및 분석

거울 속 차가운 시선이 급속하게 복부를 관통한다 배꼽시계는 한 번도 끼니를 놓치지 않았지만 포만중추는 여전히 공복의 두려움에 떨고 있다 심장의 잡음은 기름진 소음과 섞여 전혀 새로운 미각으로 재분류된다 짐승의 울음소리만으론 배고픔의 고통과 배설 후의 쾌감을 구별하지 못한다 자기공명의 영상은 누와 악어의 눈물에 대한 유사성과 차이점을 감별

하지 못한다 인바디의 색깔만으로 히스테리성 폭식의 진앙지를 찾을 수 없다 비만 클리닉의 체지방 분석기는 장기적 스트레스에 대한 거식증과 폭식증의 반응양상을 분석하지 못한다

결론

겹겹이 쌓인 지방을 분해하기 위해서는 내면에 대한 분석기 도입이 시급하다

* * * * *

시와 논문은 근본적으로 어떤 차이가 있을까? 이런 엉뚱한 호기심으로 시의 제목을 정했다. 형식파괴와 '낯설게 하기'라는 문학 이론에 따라 논문처럼 목차를 구성하고 결과를 분석하고 결론을 내렸다.

그렇다면 이건 시일까, 논문일까? 물론 나는 비만클리닉을 운영한 적이 없으니 철저한 상상력의 산물이라 할 수 있다.

결혼을 앞둔 그녀는 160cm의 키에 몸무게는 90kg에 육박한다. 체질량지수(BMI) 35 이상인 고도 비만이다. 그녀는 최근 급격히 늘어난 체중 때문에 남자친구한테 버림받지 않을까 고민하고 있다. 결혼하면 아이는 제대로 낳을 수 있을까. 고민이 더 깊어지자 그녀는 스트레스성 폭식에 우울 증세까지 발생했다. 그동안 몇 번이나 이런저런 다이어트를 시도해보았지만 요요가 와서 모두 실패했다. 그녀가 마지막으로 처방받기를 원하는 것은 펜터민 계열의 비만 약이다. 나는 장기 복용 시 부작용이 만만치 않음을 주지시키고 나비 모양의 식욕억제제를 처방해 준다.

모 방송프로그램에 유명 가수의 언니가 출연했다. 두 자매는 성격도 비슷하고 노래 실력도 비슷하여 여느 형제처럼 아웅다웅 다투며 지낸다. 단지 둘 사이엔 체중의 차이가 심하게 난다. 날렵한 토끼와 느린 거북이처럼 그들의 다이어트 경주는 시청자들을 안타깝게 만든다. 체중 때문에 늘 구박받으며 사는 그녀가 꾸준한 운동과 식이요법으로 거북이처럼 다이어트 경주에서 성공하기를 바란다.

사람들은 왜 다이어트 스트레스에 시달릴까. 우리 사회는 사람의 몸을 자기관리의 지표로 인식하기 때문이다. 유명 인사들의 다이어트 비법이나 성형 소식은 사람들에게 따라 하고 싶은 유혹을 느끼게 한다. 게다가 도처에서 마주치는 광고 이미지들은 당신도 노력하면 멋진 S라인과 식스팩을 가질 수 있다고 속삭인다. 얼굴은 V라인 몸매는 S라인 아주 그냥 죽여줘요~~~ 전 국민이 흥얼거리는 대중가요 가사는 시대상을 반영한다. 최신 유행을 따르는 사람이든 아니든, 누구나 자기 몸을 완벽하게 가꿔야 한다고 압박한다.

『몸에 갇힌 사람들』은 수지 오바크의 화제작이다. 그녀는 고(故) 다이애나 왕세자비의 폭식증을 상담했던 정신분석가로, 영국에서는 '프로이트 이래 가장 유명한 정신분석가'라고 평가받는다. 저자는 현대사회를 시각 문화의 사회로 보고 현재의 문화를 수많은 이미지 폭격의 결과로 분석한다. 수많은 이미지, 즉 광고, TV, 잡지, 간판 등을 통해 사람들의 몸에 대한 인식이 변화하게 된다. 이러한 변화는 무의식적으로 일어나기 때문에 사람들은 쉽게 인지할 수 없으며 무의식적으로 그 이미지를 추구하며 따르게 된다. 그러면서 사람들은 점점 몸의 소리를 듣지 못하고 자기 몸에 가혹한 비판을 하면서 몸을 바꾸려고 한다는 것이다. 수많은 이미지를 보고 뇌에서 따라 하게 되면 그 행동이 습관화되어 무의식적으로 발현하고 결국 무비판적으로 수용하게 된다. 그야말로 몸에 갇힌 사람들이 되는 것이다.

사람들이 몸, 정확히 말해 '몸매'를 가꿔야 한다는 강박에 시달린 것은 어제오늘 얘기가 아니다. 비만으로 고민하는 또 다른 그(그녀)들은 얼마든지 많다. 영화 〈미녀는 괴로워〉에서 강한나와 제니는 똑같은 자아를 가진 동일인임에도 전혀 다른 인물로 살아간다. 출중한 노래 실력을 갖추고도 뚱뚱한 외모 때문에 대역가수로 살아가는 강한나와 성형과 피나는 운동 끝에 완전히 다른 사람으로 변신하고 마침내 사랑을 쟁취하는 제니의 모습이 그것이다. 그 우습고도 씁쓸한 모습이 바로 우리의 현실이다.

비만은 극복의 대상이지 혐오의 대상은 아니다. 다이어트는 잘 활용하면 얼마든지 전환할 수 있는 긍정의 에너지이다. 그래서인지 다이어트 요법은 그 종류와 방법도 다양하다. 한때 인기를 끌었던 황제 다이어트부터 가장 최근에 이슈로 떠오른 간헐적 단식까지. 주로 식이요법과 운동 처방이 대부분이지만 약물치료도 증가하는 추세이다. 명멸을 거듭하는 다이어트 요법 중 약물요법을 간단히 소개한다.

현재 우리나라에서 가장 많이 처방하는 식욕억제제는 펜

터민 계열의 약이 아닐까. 디에타민, 아디펙스란 상품명으로 출시된 비만약은 항우울제로부터 출발했다고 해도 과언이 아니다. 항우울제를 복용한 사람들이 식욕이 감소하고 대사량이 늘어 체중이 감소한 것에 착안했던 것이다.

항우울제는 '행복호르몬'이라 불리는 세로토닌의 농도를 증가시키는 약물이다. 우리 몸에 세로토닌이 부족하면 우울감을 느끼게 되고 정신적 허기를 느낀다. 아무리 먹어도 배고픔이 해소되지 않고 아무리 잠을 자도 졸리고 우울한 기분만 지속된다. 이를 보상하기 위해 식욕이 폭발하게 된다. 이럴 때 식욕억제제를 복용하면 우울감도 사라지고 식욕도 사라져 순간적으로 비만 증상이 개선된다. 하지만 장기간 복용하면 정상적으로 생성되는 세로토닌 분비에 문제가 생겨 다시 식욕이 폭발하고 우울증이 생기기도 한다.

2000년대 초반 획기적인 다이어트약이 출시되었다. 제니칼은 지방의 흡수를 저해하는 약인데 다이어트에 관한 한 혁명적인 약이라 할 수 있다. 다른 식욕억제제들이 중추신경계에 작용해 식욕을 억제하는 반면 지방을 흡수하는 소화효소의 기능을 억제해 지방의 흡수를 차단하는 약이다.

이론적으로는 거의 완벽에 가깝지만 탄수화물이나 섬유질 식단에는 별 효과를 나타내지 못한다. 게다가 이 약을 복용한 사람들이 공통적으로 언급하는 부작용은 변실금과 지방변이다. 변실금은 참으로 난감하다. 만약 이런 부작용을 한 번이라도 겪은 사람이라면 아무리 효과가 뛰어날지라도 다시는 약을 복용하려 하지 않는다. 또한 지방식을 많이 하지 않는 사람들에게는 효과도 미미하다. 이런저런 이유로 현재 우리나라에서는 거의 사용하지 않는 편이다.

한때 주목받았던 비만치료제가 있다. 2012년 FDA에 승인된 비만치료약인 로카세린이 그것이다. 벨빅이란 상품명으로 알려진 이 약도 향정신성의약품인 건 맞지만, 다른 향정신성 약물과 달리 2년 정도 장기간 사용이 가능하다. 이 약은 세로토닌 수용체에 선택적으로 작용해 심장에 대한 부작용이 적다. 스트레스성 폭식을 가진 사람은 물론이고 고혈압과 당뇨 환자에게도 처방할 수 있다. 하지만 체중 감소 효과가 펜터민보다 약하고 그 속도가 느리다는 단점이 있다. 하지만 이 약마저 위약 대비 암 발생 위험이 증가하는 것으로 나타나 처방목록에서 사라지고 말았다.

최근 비만 치료에 선보인 '큐시미아'도 초기 체중감량에 효과가 있고 장복할 수 있어 처방하고 있지만, 장기 복용에 대한 효능과 안전성에 대해선 명확한 근거가 부족한 게 사실이다.

이제 다이어트는 선택이 아니라 필수가 되었다. 비디오와 영상의 확산으로 날씬한 몸매가 미의 기준으로 자리 잡은 것이다. 그러면서 또 한편으로는 먹방이 유행하고 있는 이유는 무엇일까? 이런 프로그램이야말로 비만의 최대의 적이 아니던가. 특별한 놀이문화가 부족한 현대사회에서 막연한 불안감을 해소하는 방법으로 먹는 것을 택한 것은 아닐까?

우리 몸은 있는 그대로 아름답다. 그것을 아름답지 못하게 만든 것은 대중문화의 조작된 이미지일 뿐이다. 우리에게 필요한 것은 획일적인 아름다움이 아니라 자신만의 진정한 개성과 가치이다. 하지만 우리 사회는 다이어트와 성형 중독에 사로잡혀 너무 멀리 가버린 것은 아닌지.

그는 뚱보의사다 환자들의 비만을 치료하기 위해 그는 기꺼이 뚱보가 되었다 슬픔을 가진 자만이 다른 사람을 위로할 수 있고 환자가 되어야 만이 비로소 환자들의 마음을 헤아릴 수 있다는 확고한 신념이 그를 뚱보로 만들었다

(중략)

순식간에 뚱보가 되어버린 그에게 자갈밭 같은 여자들이 도리어 치료를 권했다 자신의 독을 치료하며 환자의 독을 치료하는 일, 그는 다시금 큼지막한 간판을 내걸었다 〈비만을 치료하는 비만의사〉 그 간판을 본 뒤 그에게 남아있던 몇 사람의 환자마저 발길을 끊었다 오늘도 그는 자신의 뱃살에 뱀독 같은 요지를 꼽으며 환자들을 기다리고 있다.
 ─「비만을 치료하는 비만의사」 부분, 『히스테리증 히포크라테스』

다이어트에 관한 한 수많은 무용담이 떠돈다. 성공담도 많지만, 실패담이 훨씬 더 많다. 단시간에 체중감량에 성공할수록 요요현상은 더 많다. 나는 비만 환자들을 보면서 몇 가지 공통점을 발견했다. 비만의 가장 많은 원인은 스트레스성 폭식이고 가장 큰 실패는 요요현상이다. 비만 치료에 실패한

사람들은 초창기 의욕에 비해 그것을 유지하려는 노력이 부족하다. 나중에는 약 한 알에 의지하려는 경향이 많아진다. 성공적인 치료를 위해서는 주변 사람들의 관심과 심리적 동행이 꼭 필요하다.

비만은 마땅히 치료받아야 할 질병이다. 심각한 경우 지방 흡입이나 위 밴드 같은 수술적 치료까지 고려해야 한다. 약물요법도 중요한 치료 방법의 하나다. 식이요법과 운동이 맨 먼저 고려돼야 함은 두말할 필요가 없다.

다이어트약을 처방받으러 온 젊은 여자가 한참이나 물끄러미 쳐다본다.

"원장님도 살이 많이 빠진 것 같네요?"

"몸무게는 그대로인데요."

내가 대답하자 그녀가 다시 말했다.

"그러고 보니 많이 늙으셨네요."

"아, 그런가요?"

나는 얼버무렸다. 늙는 것이야 어떡하겠는가. 세월을 거꾸로 돌릴 수는 없는 노릇이니. 입이 궁금해진 나는 사탕 반 알을 깨문다. 딱 반 만 깨물어 먹는 것은 오래된 습관이다. 나도 모르는 사이에 모든 음식에 칼로리를 따지게 된 것은 대체 언제부터였을까. 오늘 저녁에 치맥 모임이 있다. 여느 때처럼 기름에 튀긴 고소한 치킨 껍질은 떼어내고 먹을 것이다. 늙는 것은 어쩔 수 없다지만 비만이 되는 것은 참을 수 없으니.

이식論

　피를 나누기 시작하면서 이식의 삽날은 골수까지 번졌다
또 다른 生을 위해 마지막까지 피를 아끼던 장기가 목을 축이
고 있다 항생제와 면역억제제를 지느러미처럼 몸에 두르고
생체 리듬을 고른다 익스프레스 팀장 같은 의사가 수신호를
보내자 팔딱거리던 숨소리가 가늘어진다 생존의 어떤 이론이
파도처럼 타올랐을까 싱싱한 아가미가 수족관에 납작 엎드린
채 면역의 비늘을 샅샅이 제거하고 있다 혼탁한 렌즈를 갈아
끼우고 한 쌍의 콩팥을 나눈다 낡은 간의 일부를 채워 넣고
마지막 심장까지 교체하지만 끝내 알 수 없는 것은 서로의 피
맛인가 바다의 숨소리까지 함께 나누었지만 파고의 주파수는
섞이지 않는다

　장기매매 스티커가 낚싯바늘처럼 널려있다

* * * * *

생존의 어떤 이론이 파도처럼 타올랐을까. 익스프레스 팀장 같은 의사의 수신호를 받은 저 수족관은 또 다른 生을 꿈꾸며 생체 리듬을 고른다. 파고의 주파수가 섞이지 않는 바다는 과연 파도를 잠재울 수 있을까.

병든 장기를 새로운 장기로 바꿔주면 건강이 회복될 것이라는 생각은 오래전부터 있었다. 기원전 2000년 이집트에 장기이식과 관련된 신화가 있고, 기원전 700년 인도에서도 자기 조직을 이식해 코 성형수술을 한 기록도 남아있다. 하지만 자기 조직을 이식하는 경우를 제외하면 대부분 실패로 돌아갔다. 미세수술에 대한 기술 부족과 면역 거부반응이 실패의 중요한 이유이다.

우리나라는 1969년에 처음으로 신장이식 수술을 성공한 후 꾸준한 발전을 거듭하여 1988년에 국내 첫 간이식을 성공한 바 있다. 현재는 전 분야에서 세계를 선도하며 장기이식이 활발하게 시행되고 있다. 하지만 장기이식을 받은 사람들이 각종 매체에 나오듯 완전한 건강을 회복하지는 않는다. 오히려 건강한 장기를 받는 대가로 많은 것을 희생해야 한다. 비단 건강뿐 아니다. 장기이식에 따른 각종 불법이 환자 주변에 도사리고 있다.

이식을 위해 금품을 수수하여 인간의 장기를 알선 또는 제공하는 불법 행위를 우리는 화장실에서 종종 발견한다. 레드 마켓이라고도 불리는 장기매매 시장은 세계 도처에서 비밀리에, 또는 공공연히 이루어지고 있다. 장기이식을 필요로 하는 사람은 넘치는 데 반해 장기공여자는 늘 부족하기 때문이다. 이런 문제를 해결하기 위해 인공장기를 개발하거나 돼지 등 동물의 장기를 인간에게 이식하는 '이종간이식' 연구도 진행 중이다. 이렇듯 끊임없는 연구는 장기이식의 또 다른 가능성을 열어줄 것으로 기대된다. 미래 시대에는 백화점에서 물건을 고르듯 맞춤형 장기를 선택하는 시기가 도래할지도 모른다.

조명가게에 들렀다
평균수명을 감당하지 못하고
자꾸만 깜박이는 알전구를
형광색 각막으로 갈아 끼웠다
건식 코너에서
태반 추출액을 웅담처럼 들이켰다
쓸개 빠진 곰 인형들이
배꼽인사를 하며 명품코너로 안내했다
대머리 가발가게 직원이
전두엽과 측두엽의 대뇌피질을 빗질하고 있었다
음반 코너 밀랍인형이
척추 사이에 골든 디스크를 끼워 넣었다
부위별로 진열된 명품 장기들,
정육 코너에서 어렵게 구한 간과

화장실 스티커에 널려있는 장기매매의 신장과
지하 시식 코너에 풀어헤친 내장 부속품들을
최신형 내비게이션에 맞춰 명품으로 교체했다
피팅룸에 들러 눈 화장을 지우고
온몸을 타투로 장식했다
자꾸 가물거리는 시간을 되찾기 위해
VIP 유전자 조작실에서
박살 난 머리통의 사이즈를 측정했다
　　　－「명품 장기 백화점」 전문, 『히스테리증 히포크라테스』

　지난 반세기 동안 의학의 발전 중 가장 의미 있는 성공신화는 장기이식이라고 해도 과언이 아니다. 비교적 짧은 기간에 획기적 발전을 이룩한 것은 수술 기법의 발전과 면역학적 장벽을 극복하는 성과가 있었기 때문이다. 이런 노력은 장기이식에 국한되지 않고 의학 전반에 영향력을 미쳤다. 발전을 거듭하고 있는 장기이식이 미래엔 어떤 모습으로 변할지 자못 궁금하다. 장족의 발전에도 여전히 고통을 호소하며 죽음을 기다리고 있는 환자들이 많다. 소생의 가망이 없는 환자를 마냥 지켜보기도 힘들지만 그렇다고 장기이식이 모든 대안이 될 수는 없다.

　아직 신장이식이 활발히 이루어지기 전인 수련의사 시절의 에피소드 한 토막.
　이제 막 결혼한 젊은 환자를 보고 조금 의아했다. 젊은 나이에 투석을 받은 것도 그렇지만 병색이 완연한 환자 곁에서 지극정성으로 간호하고 있는 아내의 헌신적 노력이 가상해 보였다. 모두의 눈길을 끈 것은 투석하는 서너 시간 동안 그칠 줄 모르는 그들의 애정행각이었다. 아무리 신혼 초라고 해도 환한 병실에서 팔에 주사기를 꽂은 채 포옹하고 있으니 눈에 띌 수밖에. 그런데 얼마 지나지 않아 사달이 났다. 문제의 발단은 그 당시 새로 나온 조혈 주사였다. 신부전 환자라면 으레 시달리는 만성 빈혈에 획기적인 치료제가 나온 것. 주사를 맞고 잠깐 활력을 되찾은 젊은 혈기가 아내 대신 방석집을 찾아간 것이다. 그렇게 비싼 돈을 들여가며 혈색이 돌면 무슨 소용이냐며 결국 남의 논에 물을 대고 말았다고 서럽게 울어대는 젊은 처자의 모습이 생생하다.

투석실의 검은 사내는
젊은 아내가 두렵다
방석집을 들락거렸던 혈기는
가뭄 든 못자리처럼 쭈그러든 지 오래다

일주일에 세 번 하루에 네 시간씩
방석집 대신 투석실 베드에 누워
모판의 시든 피를 뽑는다

둠벙 같은 둔부를 지닌 아내의 권유로
비아그라보다 더 강하다는 조혈주사를 맞고
공갈빵처럼 부푼 사내가

기어이 방석집 이랑을 넘고 말았다
　　－「남의 논에 물대기」부분,『히스테리증 히포크라테스』

　아무리 이해하려 해도 이해하기 힘든 그 스토리는 젊은 아내의 용서로 일단락되었지만 난감한 분위기는 쉽게 사라지지 않았다. 서늘한 평온이 한동안 병실을 엄습했다. 벌써 30년이 넘은 그 안타까운 장면은 또 다른 이식론으로 내게 돌아온다. 한 편의 시로 쓴 장기기증 서약서가 눈길을 끈다. 죽음을 맞이하는 노시인의 자세가 여유롭고 재미있다.

　　이 세상에서 나갈 때
　　아직 술맛과 시(詩)맛이 남아있는 곳에 혀나 간 신장 같은 걸
　　슬쩍 두고 내리지 뭐.
　　땅기는 등어리는 등에 붙이고 나가더라도.
　　　　　　　　　　　　－ 황동규,「장기(臟器)기증」부분

　사람들이 정작 두려워하는 것은 죽음 자체보다 죽음의 과정일 것이다. 자기 삶을 직접 통제하지 못하는 데 따른 상실감과 무력감이 마지막을 더 힘들게 할지도 모른다. 하지만 죽음에는 자기 결정권이 없다. 인간이 피투성(彼投性)의 존재로 세상에 왔듯이 마음대로 죽을 권리도 인간에게 주어지지 않는다.
　생명 있는 모든 것들은 마침내 육신을 버린다는 부처님 말씀을 운명처럼 간직하고 있다. 의학의 시작은 생명이고 의학

의 끝은 죽음이다. 함께 세상에 온 것이 생명이라면 홀로 세
상을 떠나는 것이 죽음이다. 결국 모든 죽음은 고독사가 아
닐까.

실은 이번 연재에서 내가 말하고 싶은 주제는 고독사였다.
고독사로 숨진 젊은 시인을 보며 그런 생각이 들었지만 이내
포기하고 말았다. 황병승은 내게 너무 버거운 주제가 돼버렸
기 때문이다.

벼랑 끝에 매달린 별똥별 하나

미완성 서사에
족적을 결박당한 채 그렁그렁 죽어간다

쓸모없는 별이
홀로 떠도는 게 고독이라며
은하계의 미아처럼 떠돌았다

떠나기 전, 집 담장을 도끼로 두 번 찍었다
그건 좋은 뜻도 나쁜 뜻도 아니었다

아무도 주치의 h의 경고를 눈치채지 못했다

모든 갈등과 부조리를 블랙홀처럼 빨아들인
미투마저
트랙과 들판의 별을 어루만지지는 않았다

고독이 직접사인이 될 수 없다는
*여장남자 시코쿠*의 항변은
뭇별처럼 사그라들었다

시는 미완성이다
신의 눈 밖에 난 고독사다

— 「미완성 진단서」 전문

　나는 황병승을 잘 모른다. 그와는 일면식도 없을뿐더러 추구하는 시 세계가 달랐다. 하지만 무수한 텍스트가 중첩된 그의 시들은 종종 나의 새벽을 전율시켰다. 그래선지 그의 부음이 전해졌을 때 가슴 한쪽이 먹먹했다. 고독사로 판명되었을 때는 잠깐이지만 그의 죽음에 대한 일말의 책임감이 느껴졌다. 그의 시신이 의정부로 옮겨졌을 때 가깝게 지내는 문인들이 그의 빈소를 찾았다. 나이 든 여류 문인들이 애절한 심정을 드러냈을 때도 묵묵히 지켜보았을 뿐 아무런 조의도 표하지 않았다. 나는 그저 시의 쓸모없음과 시인의 무용론을 되새겼을 뿐이다. 시는 미완성이다. 신의 눈 밖에 난 고독사이다. 시는 줄기차게 발전하지만, 영원히 완성될 수 없는 장르일지도 모른다. 무수한 의학의 발전이 영원한 생명을 담보할 수 없듯이.

줄무늬 고양이

줄무늬 고양이가 나를 핥고 있다
가슴 털 알레르기로 내 마음을 흔들어 놓더니
기어이 봄날을 견디지 못하고
사정없이 얼굴을 물어뜯는다
간단히 내 마음을 빼앗았지만
고집스런 줄무늬 넥타이를 바꾸지는 않는다
차가운 가슴 털을 숨기기 위해
내 몸을 온통 줄무늬로 채색한다
사방이 훤히 뚫려있는 침대에서
내 몸을 거침없이 주무른다
사정(射精)없이 애무한다
내 몸이 후끈 달아오른다
상처 난 얼굴이 벌겋게 피어오른다
고양이 줄무늬처럼 핏물이 번질 때마다
내 얼굴의 두꺼운 외피를 벗겨낸다
철판 같은 외투가 벗겨지면서
적나라하게 드러나는 수치스런 알몸,
나는 진저리를 친다

그 중독의 냄새를 찾아 코를 킁킁거리는

저 플라스틱써전*

줄무늬 고양이

* 성형외과 의사

＊ ＊ ＊ ＊ ＊

그녀가 달라졌다. 이른바 '의느님'의 은혜로운 손길을 받은 것이다. 성형외과의사를 인간을 창조한 하느님에 빗대 '의느님'이라고 부른다. 현대의술에 대한 찬사이지만 성형 세태를 꼬집는 말이기도 하다. '의란성쌍둥이'란 신조어도 등장했다. 전혀 다른 사람들도 일란성쌍둥이처럼 보이는 판박이 성형수술을 비꼬는 말이다. 그러고 보니 수많은 걸그룹을 제대로 분별하지 못하는 것은 내 책임만은 아니다. "공장에서 물건 찍어내는 것 같았다"는 어느 성형외과 의사의 고백이 내게는 의술(醫術)은 상술(商術)이라는 말로 재해석 되어 들린다.

요즘 추세는 건드린 듯 안 건드린 듯 알 수 없게 조금씩 예뻐지는 게 트렌드다. 그래서 수술보다 이른바 쁘띠성형이라는, 비수술 건수가 앞서는 추세다. 거기엔 K뷰티도 한 몫 거들고 있다. K팝에서 K드라마로 다시 K뷰티로 이어지는 한국의 뷰티 문화 따라잡기 열기는 식을 줄 모른다. K뷰티의 인지도가 세계 뷰티 시장 1위를 지키고 있는 것은 놀랄 일도 아니다.

바야흐로 예쁜 남자의 시대가 오고 있다. BTS가 동양의 예쁜 남자 신드롬을 만들어 내고 있는 것이다. 특히 중국인들은 우리나라 사람처럼 생기고 싶어 하는 욕구가 크다. BTS가 우리나라 미의 기준을 널리 퍼뜨린 셈이다. 명동에 가면 보란 듯이 코나 눈가에 테이핑을 한 채 자랑스레 쏘다니는 중국인을 심심치 않게 볼 수 있다. 이제 성형은 국적 불문이다. 남녀노소가 따로 없을뿐더러 일반인과 연예인도 차이가 없다. 예전에는 '성형'이란 단어만 꺼내도 색안경을 끼고 바라봤지만, 이제는 솔직한 성형 고백이 해당 연예인의 호감도까지 높여주고 있다. 세월이 변하긴 변했다. 부모님께 리프팅 시술권을 효도선물로 드리는 것이 신풍속도가 된 걸 보면.

아름다워지고 싶은 인간의 욕망은 끝이 없는 것 같다. 욕망충족이란 부단한 노력을 통한 자아실현으로 가능한데 생리적 욕구나 신체적 욕구는 단번에 해결할 수 있다고 믿는 경향이 있다. 예컨대 비싼 옷을 산다거나 진한 화장을 한다거나 성형수술을 함으로써 말이다. 이런 사회적 현상을 반영하듯 코로나 시대에도 성형외과는 매출이 늘어난 것으로 나타났다. 재택근무 등으로 외부 활동이 줄어든 데다 수술 후 붕대 등을 감고 있어도 마스크를 착용하면서 이를 가릴 수 있기 때문이다. 정부의 재난지원금 등으로 소비심리가 회복되면서 성형외과를 찾는 사람들이 증가한 것도 한 원인으로 보인다. 코로나19로 극심한 불황을 겪고 있는 동네의원과 대조를 이루고 있어 흥미롭다.

현대사회로 접어들면서 외모만으로 사람을 판단하려는 경향은 갈수록 심해지고 있다. 외모도 스팩이고 경쟁력이 된 것이다. 첫인상이 주는 이미지는 매우 중요하다. 그래서일까, 웃는 얼굴을 만들어 주는 입꼬리 성형이 직장인이나 취준생에게 인기라고 한다. 단시간에 자신을 어필하려면 외모에 의존하지 않을 수 없는 것이다. 하지만 외모에 의존할수록 신뢰를 바탕으로 하는 관계 맺기는 힘들어지게 마련이다. 그러면 다시 성형하고 옷을 바꿔 입고 차를 바꾸는 등 끊임없이 다른 사람들의 관심을 유도한다. 화장은 그 향의 정도가 진해지고 노출은 점점 그 수위를 넘어간다. 이렇게 신체적 자아만 좇다 보면 외모지상주의의 함정에 쉽게 빠지게된다.

거울아! 거울아!
세상에서 누가 제일 예쁘지?
동화 속 마녀가
세상에서 제일 예쁜 사람을 묻거든
자신 있게 애비와 애미를 부정하거라
세상에서 가장 예쁜 아가야!
곧 너의 생일 파티가 곧 시작될 예정이니
단숨에 촛불을 꺼야 한다
파티의 초대 손님은 너를 새로 낳아준 흰 가운에 메스
세상의 모든 동화는 다시 쓰여지기 시작했고
나는 이미 니 애미가 아니란다
  ─ 조용숙, 「성형미인」 부분(『시와 문화』, 2020년 여름호)

세상의 모든 동화는 다시 쓰여지기 시작했다. 신체발부 수지부모(身體髮膚 受支父母)야말로 효의 시작이라는 말은 이제면 옛날의 이야기일 뿐이다. 너를 새로 낳아준 사람은 부모가 아니라 흰 가운에 메스를 들고 있는 성형외과 의사, 플라

스틱 써전인 것이다. 이제 성형은 수치가 아니라 당당함이 되었다. 마치 혼전 임신이 당당한 혼수 목록으로 변했듯.

불과 1세기 전만 해도 성형수술은 의학계의 천덕꾸러기였다. 신체적 결함을 최소화하는 재건성형은 존경받았지만, 생김새의 불만족을 해소하기 위한 '미용성형'은 구경거리에 불과했다. 심지어 미용성형 의사들을 돌팔이, 사기꾼이라고 불렀다. 지식도 부족했지만 인식도 싸늘하던 시대였다. 현대적 의미에서의 성형수술은 1차 대전을 계기로 본격화됐다. 장갑이나 옷으로 가릴 수 없는 부위가 손상된 군인들은 이전 모습으로 돌아가기 전까지 귀향을 거부했다. 덕분에 사례와 수요는 넘쳐났고, 이를 기점으로 기술면에서 비약적인 발전을 이룬다.

기원전 800년경에 인도에서 코를 잘라내는 형벌을 받은 사람에게 이마의 피부를 이용해서 코를 만들어 준 수술이 최초의 성형수술로 알려져 있다. 재건성형으로 시작된 성형은 20세기 들어서면서 미용성형으로 발전했는데 항생제 개발과 수술 기법의 발전으로 본격적인 단계에 이르렀다. 오늘날 성형수술은 단순히 신체의 모양을 바로잡아 주는 수술이라는 학문적 정의 외에 외모 콤플렉스를 극복하고 생활에 자신감을 불어넣는 미용성형으로 영역이 넓어지고 있다.

성형수술하면 으레 떠오르는 인물이 있다. 팝의 제왕 마이클 잭슨이다. 죽을 때까지 성형을 멈추지 않았던 마이클 잭슨은 '백인을 꿈꾸는 흑인'이라는 지탄을 받았다. 실제로 매년 하얘지는 얼굴색, 작아지는 광대뼈, 높아지는 콧대, 얇아지는 입술은 백인의 모양새였다. 초창기 코 성형은 사고 때문이었지만 이후 그는 습관적으로 얼굴에 손을 댔다. 어린 시절 아버지의 학대를 경험한 잭슨은 "아버지를 닮아가는 게 싫어 성형했다"고 고백하기도 했다. 그는 조금씩 변해 가는 제 모습에 만족하였을까, 만족하지 못해 다시 수술대에 올랐을까, 아니면 그의 마음속에 진짜 백인으로 변하고 싶은 욕망이 숨어 있었던 것일까. 마침내 약물 과다복용으로 숨졌지만 불행의 출발은 성형수술에서 시작된 것인지도 모른다.

선풍기 아줌마의 모습도 과히 충격적이다. 잘못된 성형수술과 스스로 주입한 이물질로 인해 점점 얼굴이 커지는 부작용을 겪었고, 이로 인해 '선풍기 아줌마'라는 별명까지 얻었다. 방송 후 국민적 관심이 쏟아져 몇 차례의 대수술을 받으며 호전된 모습을 보이기도 했지만, 오십 대의 젊은 나이에 안타깝게 생을 마감하고 말았다.

모든 사람은 자기의 고유한 생김새와 운명을 가지고 태어난다. 타고난 운명을 거역하기 힘들 듯 타고난 모습을 인위적으로 바꾸는 것은 운명을 거스르는 것과 같을지도 모른다. 아름다운 것에 끌리는 것은 너무나 본능적이어서 이를 비난할 순 없지만 우려하는 목소리도 적지 않다. 이토록 많은 논란에도 성형산업이 더 번성한 까닭은 무엇일까. 외모지상주의란 결국 신체적 자아만 좇다가 내면을 등한시한 결과가 아닐까?

어떻게 보면 우리는 가면을 쓰고 주어진 배역을 연기하는 배우인지도 모른다. 인생 전반이 페르소나라는 가면을 쓰고 살아가는 연극과 무엇이 다른지 생각하다가 가면이 아니라 얼굴 전체를 바꾸어 버리면 어떨까 상상해 본다. 이른바 페이스오프 말이다. 주로 범죄의 수단으로 영화에서나 가능한 일로 생각했지만, 과학의 발달로 전혀 불가능한 일도 아닐 것이다.

오래된 밑그림에 낯선 감정을 덧칠한다 미간의 떨림을 다독여 배경화면으로 설정한다 액자를 깨트려 생얼의 나사를 풀어 헤친다 양악의 뼈마디를 도려낸 빈 공간에 아직 풀리지 않는 비밀을 구겨 넣는다 주름진 과거에 보톡스를 주입하고 자꾸 깜박이는 배경을 눈썹문신에 새겨 넣는다 조각난 슬픔을 봉합하여 미소 띤 시간으로 복원한다 가면우울증의 초기화면은 완벽하게 재생되었지만 비밀번호에 묶인 손가락은 여전히 세상을 더듬거린다 변명으로 가득 찬 눈동자는 더 이상 깜박이지 않는다 낯선 표정을 끌어당겨 페이스북에 인증샷을 전송한다

―「페이스오프」 전문, 『청진기 가라사대』

"내가 누구인지 말할 수 있는 자는 누구인가?"는 모두를 향한 질문이 되고 말았다. 하도 바꾸고 변장하고 꾸미면서 살다 보니 내가 진짜 나인지 구분할 수 없는 혼돈스러운 세상이 된 것이다.

우리는 현실과 사이버가 공존하는 사회에 살고 있다. 직접 대면하지 않고도 감정 전달과 의사소통이 이루어진다. 사이

버 세계에서 대화하고 논쟁하고 위안을 받으며 살아간다. 모르는 사람과 게임을 하고 은밀한 대화를 나누기도 한다. 때론 두 세계의 경계가 모호하여 현실감각을 상실하기도 한다. 그러다가 가상의 존재와 사랑에 빠지기도 한다. 영혼의 교감을 통한 사랑의 대상을 찾지 못하고 육체적 쾌락만 추구하려는 이 시대적 몸부림은 결국 리얼돌까지 등장하게 되었다. 결국 성형은 인간 본연의 모습인 주체적 자아의 상실마저 초래하고 만 것이다.

상표를 가리면 코카콜라와 펩시콜라를 구별하지 못한다. 두 눈을 가리면 콜라와 사이다와 탄산음료까지도 헷갈린다. 출판사를 가리면 베스트 시집과 워스트 시집이 뒤바뀌기도 한다. 시인의 이름을 가리면 좋은 시가 나락으로 떨어지기도 하고 형편없는 시가 명품으로 둔갑하기도 한다. 성형발 조명발로 중무장한 양장본 시집들이 패키지로 나와 있다. 학벌과 스팩과 연줄로 잘 포장된 명품들이 베스트 코너를 꽉 채우고 있다. 자본이 편견에 미치는 인식론적 오류를 피할 길이 없다.

진료를 멈추고 잠깐 거울을 들여다본다. 매일 보는 얼굴인데 볼 때마다 또 놀란다. 내 의지와 전혀 상관없이 빠지고 없어지고 늘어지고 주름진 모습이 도저히 납득할 수도 인정할수도 없다. 여기는 심고, 여기는 메우고, 또 여기는…

손볼 데가 한두 군데가 아니다. 가만히 인터넷을 검색한다. 아무도 모르게 날을 잡아 '의느님'을 찾아가 관리를 받든지, 원….

시술(詩術)

　무심코 하늘을 우러러 보았다 가늘고 긴 저녁이 거리의 불빛을 모으고 있었다 어차피 바람 방향과는 무관하게 밀실의 문장은 완성되었다 소문의 행방에 따라 우울이 울분으로 급변했다 촛불을 켜놓은 광장에서는 연민의 바람이 슬픔을 앞지르기도 했다 나는 가만히 주먹을 쥐고 명멸하는 불빛을 바라보았다 바람과 촛불, 그들은 분명 구면인데 서로가 데면데면했다

　윗글을 읽고 다음 보기 중에서 적절한 단어를 선택하여 빈칸을 채우세요(복수 선택 가능)

　<보기>
　시인, 촛불, 광장, 의사, 처방, 병원

　묵직한 통증이 가슴 어귀에 머물렀다
　마음 한쪽을 다독여 ( )에 갔다
　이름 없는 ( )들이 서로를 원망했다
　어쩌다가 이 지경이 되었는지 알 수 없다고

대책 없는 ( )에서는 쓰러지지 말자

지극히 건조한 대화만으로도 위안이 되었다

서명이 초라한 ( )을 받아 간신히 데드라인을 넘는다

이러려고 ( ) 되었는가

망가진 문고리를 부여잡고 하소연한다

백옥처럼 서늘한 ( )이 활활 타오르고 있다

필명으로 시술하는 ( )들은 두려움이 없다

＊ ＊ ＊ ＊ ＊

　황량한 들판에 홀로 서 있는 기분이다. 삭풍에 마른 가지
처럼 온몸이 욱신거린다. 요즘 같으면 시 한 편 소설 한 장
읽기도 버겁다. 소설보다 더 소설 같은 현실이 눈 앞에 펼쳐
지고 있기 때문이리라. 오진으로 가득 찬 세상을 몇 줄의 시
술(詩術)로 엮어내는 심정이라니. 실종된 대한민국호의 행방
을 수소문하느라 제쳐둔 감성이 내면에서 들끓고 있지만, 그
것들은 시의 행로를 걷지 못한다. 연일 쏟아져 나오는 소문
으로 분주한 텔레비전 앞에서 나는 넋을 잃고 앉아있다. 화
면에는 차마 상상하고 싶지 않았던 광경이 펼쳐지고 있는 것
이다. 마비된 감정이 밑바닥까지 내려간 나의 한줄기 슬픔을
건져 올리고 있다. 의사라는 직업에 대한 자괴감까지. 거기
에는 대한민국 최고 권위를 자랑하는 대학의 전 현직 병원장
이 나란히 서서 맹세하고 있었다. 대통령 주치의를 포함하여
청와대를 자유롭게 드나들었던 다른 의사들과 함께.

　"양심에 따라 숨김과 보탬이 없이 사실 그대로 말하고 만
일 거짓말이 있으면 위증의 벌을 받기로 맹세합니다."
　히포크라테스 선서 대신 증인선서를 하는 그 모습은 얼마
나 안타깝고 낯설었는지.
　그들이 함께할 수 있는 자리라면 심각한 우리나라 의료 현
실을 함께 고민하거나 첨예한 학술적 견해에 대한 의견을 나

누어야 할 자리여야 마땅했다. 대한민국 인재를 블랙홀처럼 빨아들이고서도 노벨 의학상은커녕 불투명한 장래를 고민하는 후학들에게 용기와 희망을 주는 그런 자리라야 했다. 그것도 아니면 최소한 국가 의료의 비전을 제시하는 그런 자리 말이다.

그런데 내가 본 장면은 너무 생소했다. 그들은 서로를 비방하기에 바빴다. 누가 먼저 브로커를 소개해 주었고 언제부터 비선 실세를 알고 있었는지, 듣기에도 민망한 대화뿐이었다. 누가 저들을 보면서 존경받는 대학교수이며 최고 경영자이며 대통령 주치의란 상상을 할 수 있을 것인가. 단지 죄를 짓고 허둥대는 잡범에 불과한 모습이었다. 권력과는 거리가 먼 사람들이 의사의 길을 택했을 텐데 왜 저렇게 권력의 주변부를 탐하는지 도무지 이해할 수 없었다.

태반주사 백옥주사 비아그라… 이어지는 청문회에서도 부끄럽고 낯익은 용어들이 쏟아져 나왔다. 대한민국 최고의 지성이라 일컫는 사람들의 입에서 나온 말이라고는 도저히 믿기지 않는 말들이 여과 없이 튀어나온다. 대통령 얼굴에 남아있는 교묘한 자국에 대한 추궁까지. 증인선서를 마친 의사는 필러 자국이라고 자신 있게 말했지만 나는 그것이 필러인지 보톡스인지 혹은 단순 화장 자국인지 알지 못한다. 아니 그것에 관한 관심도 없다. 이어지는 대화를 듣기 민망해 채널을 돌리고 말았다.

며칠 후 텔레비전에서는 증인들만 바뀌었을 뿐 얼마 전 보앗던 모습과 똑같은 모습이 연출되고 있었다. 배가 침몰하는 그 순간에 늑장 대처의 이유가 무엇인지, 보고는 제대로 이루어졌는지, 미용이나 성형의 의혹은 없는지… 재방송을 보는 듯한 그 모습을 보고 있자니 침몰하는 배를 다시 보는 것 같아 가슴이 답답해졌다. 그러다가 문득 떠오른 노란 표지의 시집. 그것은 한 시인이 이 년여에 걸쳐 완성한 세월호 대서사시이다. 세월호 희생자 304명을 기리며 304편의 연작시를 쓴 시인의 마음이라면 감히 저런 말들을 할 수 있을까.

산을 떠나며
봉우리를 박차고 허공으로 떠가는
아침 해의 눈이 붉다

이별하는 모든 것의 눈시울은 붉다

가을 나무를 떠나면서
나뭇잎은 붉다
가물가물 져 가는 장명등의
얼굴은 붉다
새벽이 끝나도록 일어나지 않는
길모퉁이에 누운 그 사람 바라보는
성당 시계탑의 눈자위 붉다
오래 망설이다 헤어져야 한다며 뒤돌아가는
그 사람 숙인 목덜미가 붉다

구름을 벗어나는 저녁해의 눈이 붉다
떠나가는 사람 바라보다 뻔히 눈 뜬
장승이 된 나를
뒤돌아보는 서쪽 하늘이
피처럼 붉다

— 나해철, 「붉은 것들」 부분, 『영원한 죄 영원한 슬픔
— 세월호 연작시 304편』

"시민, 시인의 한 사람으로서 그래도 할 수 있는 시로써 행동하지 않을 수 없었다." 그가 밝힌 창작 동기다. 한국의사 시인회에서 함께 활동하고 있는 나해철 시인은 역사 이래로 가장 비극적인 것이고, 전 우주적인 사건이었고, 발생 후 정부의 행태는 도저히 용서할 수 없는 것이었기 때문에 하루하루 그것을 표현하다 보니 100편 200편을 넘게 되었고, 1년 가까이 되어 304편에 이르게 되었다고 말한다.

"세상에 태어나서는 안 되는 것이었으나 기어코 탄생하고야 말았다." 슬픈 일이 되고만 이 시집의 수익금을 세월호 유가족에게 장학기금 형식으로 기부하기로 했다. 희생자 해원과 진상규명을 위한 시이니 미학적 완결성이라는 기준으로 보지 말았으면 좋겠다는 말속에 오히려 "지금 또다시 우리 눈앞에 침몰해 가는 배 있다."라고 절절히 외치는 그의 목소리가 생생하게 녹아 있는 듯했다.

어느덧 촛불집회가 한 달째 이어지던 날, 전국적으로 200

만이 넘는 인파가 촛불을 들고 울분을 토로하던 바로 그 시각에 한국의사시인회 정기총회가 인사동에서 개최되었다. 오래전에 정해진 약속이라 그대로 진행하였지만, 지방에서 참석기로 했던 회원들은 발을 동동 구를 수밖에 없었다.

총회를 마치고 곧바로 이어진 시국 집담회. 다소 쓸쓸한 분위기지만 그 열기만큼은 오히려 광화문을 능가할 지경이다. 남은 회원들이 술잔을 맞대고 한국 사회에 대한 각자의 진단과 처방을 내리고 있다. 오늘의 핫이슈인 블랙리스트에 대한 논쟁으로 소주잔이 후끈 달아오른다.

권불십년이요, 화무십일홍이라 했던가. 권력이란 호랑이 등에 올라탄 형국이라 내려놓으면 호랑이에게 잡아먹히는 것처럼 더는 어쩔 수 없는 시국이 되어버린 것일까. 이제 블랙리스트는 한 장의 휴짓조각만도 못하게 변해버린 것이다. 여기저기서 시국을 토로하고 걱정하는 소리에 주변은 시끌벅적하다. 평소 같았으면 밤을 지새웠을지도 모르지만 조금 이른 시간에 자리를 파하고 나왔다. 안국역 주변은 청와대로 향하는 시위대로 온통 발 디딜 틈이 없다. 한 줄로 늘어선 줄을 부여잡고 간신히 전철에 올라탔다. 뉴스에서는 여전히 광장의 촛불들이 수런거린다. 나는 가만히 주먹을 쥐고 명멸하는 불빛을 바라보았다.

전두엽 축제

아가페 요양원

불꽃놀이처럼 섬망이 찾아왔다
라디오가 유일한 벗인 그에게
아침마다 즐거운 환청이 배달된다
신발주머니 같은 스피커를 허리에 차고
구석구석 요양원을 생중계 한다
몸속에 갇힌 믿음이 활활 타오르도록
삼시 세끼 성경을 필사한다
허물어진 기억에 못을 박아
스스로 예수라 부르기도 한다
기도 목록은 시시각각 변한다
아내와 자식의 이름이 사라지고
친지와 지인들의 안부도 삭제되었다
한 달에 한 번, 기껏해야 5분 만나는
요양원 의사를 목사님이라 부른다
예수와 목사는 만나자마자
각자의 길로 떠날 채비를 서두른다

서로 등을 두드리며 즐겁게 우는 법을 배운다
마침내 슬픔도 사라지고
우울감도 자취를 감추었다
기쁨으로 충만한 방언만이
전두엽을 환하게 물들이고 있다

새터민 요양원

기억의 절반이 잘려나갔지만
일 없다고 했다
무너져 내린 등허리와
이미 두 동강 난 이데올로기를
나는 알츠하이머라 명명했고
요양보호사는 노망난 탈북자라 했다
쥐오줌처럼 사그라진 요양원의 햇살이
찌부러진 태극문양을 비추고 있었다
두 손으로 꼭 쥐고 있는 생존의 열망을

노파는 태.국.기.라고 또박또박 발음했고
가끔씩 아바이 수령이라고도 말했다
쓸쓸한 탈북의 혀로
아바이 수령을 외치다가
남조선 만세를 외치다가,
칠십 평생 동대문에서 삯바느질만 했다고 하다가
대동강을 거슬러온 새터민이라고도 했다
어디가 아파 요양원에 왔냐고 묻자
일읎시요란 말만 되풀이했다
저 명랑한 입술로
살아 있는 기억을 모두 파먹고
문드러진 몸뚱어리를 스스로 유배시켰다
통증에 전혀 반응하지 못하는 혓바닥에서
갈기갈기 찢겨진 이념의 플래카드가
인공기처럼 펄럭였다
고통은 사라지고 축제만 남은 전두엽은
여전히 대동강과 동대문 사이를 서성이고 있었다

＊ ＊ ＊ ＊ ＊

연예인을 꿈꾸던 소녀가 있었다. 비록 그 꿈을 이루지는 못했지만 부유한 집안으로 시집가서 단란한 가정을 이루었으며 슬하의 자녀들도 세상의 잣대로 모두 성공하였다. 그렇게 칠십 평생 행복하고 순탄한 삶을 살았지만 갑자기 남편이 세상을 떠나자 극심한 혼란에 휩싸이게 됐다. 극도의 외로움을 견디지 못하고 스스로 정신줄을 놓아버린 것이다. 그녀는 정신이 총총할 때 혼자서 요양원에 들어왔다고 한다. 그리고 얼마 지나지 않아 그녀의 기억은 연예인을 꿈꾸던 사춘기로 돌아가고 말았다. 한평생 사랑을 나누었던 남편도 그녀가 돌보았던 자식마저도 깨끗이 삭제되어 버린 채, 해맑은 소녀의 기억으로 고착되어 버린 것이다.

그녀의 머릿속은 온통 방송에 관련한 일들로만 채워졌다. TV 시청도 않고 주변 사람들과 대화도 없지만 만나는 사람마다 방송국에서 왔냐고 반갑게 인사한다. 촉탁의사인 나를 만날 때도 마찬가지다. 과거에 대한 기억이 청명할 때는 모 방송국 아무개 PD 아니냐고 구체적인 이름까지 거명했다. 참으로 난감한 일이었다. 기쁨과 흥분으로 뺨까지 붉게 물들인 그녀는 눈을 반짝이며 지난 이야기를 꺼냈다. 마치 어제 일처럼 또렷하게. 그럴 땐 겉모습만 70대일 뿐 완전한 사춘기 소녀였다. 만날 때마다 사춘기 소녀와의 대화는 전혀 변할 기미가 없다. 마냥 기쁘고 즐거운 할머니의 모습이 과히

나쁘지 않으리란 생각이 언젠가부터 들기 시작했다. 『아내를 모자로 착각한 사내』에 나오는 '큐피드병' 할머니가 떠올랐던 것이다.

90세의 쾌활한 할머니 나타샤 K가 우리 병원에 찾아온 것은 비교적 최근의 일이었다. 할머니는 88번째 생일을 맞은 지 얼마 되지 않아서 어떤 '변화'를 깨달았다고 한다. 우리는 할머니에게 물었다.

"어떤 변화인데요?"

"아주 근사한 변화랍니다." 할머니는 큰 소리로 말했다.

"얼마나 신이 나는지 몰라요. 전보다 훨씬 건강해지고 힘이 넘치는 느낌이 드니까요. 젊은 남자들에게도 관심이 생기고요. 그래요. 정말 살맛 나는 기분이 든답니다." - 중략-

"그래요. 큐피드병이에요. 의사 양반도 아시죠? 매독 말입니다. 칠십 년 전에 매춘부 짓을 한 적이 있는데 그때 매독에 걸렸어요. 똑같은 병에 걸린 아가씨들이 어찌나 많았던지 큐피드병이라고 부르게 되었지요. 그때 저를 구해준 사람이 제 남편이에요. 그이는 저를 매춘부 생활에서 빼내고 병까지 치료해주었답니다. 물론 페니실린은 없던 시대였어요. 시간이 이렇게 오래 지났는데도 재발하는 일이 있습니까?"

결국, 나타샤 할머니는 척수액 검사를 통해 신경매독이 확인되었다. 매독균이 그녀의 늙은 대뇌피질을 자극한 것이다. 문제는 치료방법인데, 그녀도 선뜻 치료를 원하지 않는다고 했다. 더도 덜도 말고 이 상태를 유지하는 게 좋겠다는 거였다. 그래서 페니실린을 투여하여 매독균을 죽이기는 하되, 이미 생긴 뇌의 변화나 탈억제 상태를 그대로 두어 큐피드 병은 그대로 유지하기로 한 것이다. 책을 읽는 나 역시 고민되는 대목이었다. 병을 알고서 치료하지 않는 것도 문제지만, 병을 치료하여 현재의 상태를 없애버리는 것도 최선의 선택은 아니지 않을까. 차라리 그대로 두는 것이 더 낫지 않을까. 여생이 얼마 남지 않았는데 기쁘고 즐겁게 살 수 있다면 이 또한 행복이 아닐는지.

지난겨울, 요양원에 새로운 얼굴이 나타났다. 북한 억양이 뚜렷한 노인은 나를 보자마자 반갑게 인사했다. 오래전부터 알고 있는 사람처럼 내 손목을 덥석 부여잡았다. 하지만 이야기에 줄거리가 없고 자꾸 맥락이 끊긴다. 치매 환자들은 대개 침상 모퉁이에 가족사진을 붙여 놓은 데 그 노인은 좀 특이했다. 커다란 태극문양을 마치 신주 모시듯 벽에 붙여 놓고 쉴 새 없이 중얼거리는 것이다. 진한 이북 사투리가 섞여 정확히 알아들을 순 없지만 아바이 수령이라고 중얼거리다가 온전한 정신으로 회복되면 다시 애국가를 불렀다. 가끔 남조선 만세를 외치기도 했다.

이념의 멍에를 짊어진 채 중증 치매로 발전한 그 모습은 시대의 민낯을 그대로 드러내는 것 같아 착잡했다. 자기를 기억하고 있는 사람도 없고 자기가 기억하고 있는 사람도 없는데 뇌리에 깊게 파고든 이데올로기만 슬픈 장벽으로 남아 있었다.

알츠하이머병의 발병기전에 대해서는 정확히 알려지지 않았다. 베타아밀로이드(beta-amyloid)라는 작은 단백질이 뇌에 침착해 뇌세포에 유해한 영향을 주는 것이다. 유전적인 요인이 약 40~50%를 차지하는 것으로 보고되는데, 직계 가족 중 이 병을 앓은 사람이 있는 경우 발병 위험이 훨씬 커진다.

건망증과 초기 치매는 구별하기 힘든 경우가 많다. 특히 단골 환자들은 구별이 쉽지 않을뿐더러 짧은 시간 진료실에서 같은 이야기를 반복하다 보면 더욱 난감하다. 만날 때마다 똑같은 이야기를 토씨 하나 틀리지 않게 말하는 할머니가 진료실에 들어왔다. 할머니는 언제나처럼 길고 긴 이야기를 꺼낼 게 뻔했다. 익히 알고 있는 이야기를 줄줄 늘어놓으려는 순간, 조급한 내가 먼저 말을 꺼냈다.

청계천에서 큰 식당을 운영하다가 자식한테 물려주었다. 아들은 장사가 잘되어 가게를 확장하였는데 때마침 IMF 광풍이 휩쓸고 지나가면서 매출이 반토막 났다. 결국 가게까지 말아먹고 나서도 빚은 눈덩이처럼 불어났다. 그대로 두면 아들이 감옥 갈 것 같아 모든 재산을 처분하고 촌구석인 이곳으로 도망치듯 이사했다. 이제는 코빼기도 비치지 않는 아들 며느리가 야속하지만 재기했다는 소식을 듣고 나니 죽어도 아무 여한이 없다.

그 되풀이되는 사연을 그날은 내가 말하고 할머니가 경청했던 것이다. 할머니는 매번 앵무새처럼 반복하지만 그 기억마저 자꾸 축소되고 있다.

순대처럼 몸을 만 달팽이가
제 몸을 생중계한다
점액질의 언어로
회오리 같은 생을 낱낱이 토해내고 있다
껍데기 안테나로 대뇌피질을 자극하지만
종일토록
수신불가의 말들만 되새김질한다

… 중략 …

그 남루한 육필차트를
펜티엄급 외계어로 받아 적지만
달팽이가 지나간 모니터는 언제나
진액의 눈물로 끈적거린다
－「알츠하이머 달팽이」부분, 『히스테리증 히포크라테스』

인간의 기억은 유한하다. 만일 컴퓨터처럼 모든 기억을 간직한다면 인간의 뇌는 금방 한계에 부딪히고 말 것이다. 또한 좋지 않은 기억이나 괴로운 기억에서 헤어나지 못하고 평생 고통에 시달리는 때도 있을 것이다. 인간은 망각이라는 방어기제를 사용하여 고통으로부터 달아나기도 한다.

알츠하이머라는 인류에게 가장 두렵고 슬픈 질환을 '전두엽 축제' 비유한 것도 나쁜 기억은 모조리 사라지고 좋은 기억만 오래도록 남아 장수하라는 소망을 담은 것이다.

"당신이 와서 기뻐요." 그의 귓불을 잡으며 그녀가 말했다.
"그냥 가버린 줄 알았어요. 나 따윈 신경 쓰지 않고, 버려두고 간 줄 알았죠. 버리고 나를 잊어버리고." 그녀가 말했다.
그랜트는 그녀의 하얀 머리카락, 분홍빛 속살, 사랑스러운 두상에 얼굴을 기댔다.
"그런 적은 없어. 단 일 분도." 그가 대답했다.

〈Away from Her〉라는 영화로 더 유명한 앨리스 먼로의 원작 소설 마지막 단락이다. 알츠하이머성 치매를 앓고 있는 아내가 50여 년을 함께 살았던 남편에 대한 기억을 극적으로 되살린 장면이 처연하도록 아름답다.
나는 책을 덮고 가만히 눈을 감았다. 그리고 조금씩 늙어가는 나와 내 곁에서 역시 조금씩 늙어가는 아내의 모습을 소설 속에 투영해 보았다. 우리의 기억 속에 '가장 나종 지니인 것'은 무엇이 될까. 우리는 서로의 기억 속에서 어떻게 생성되었으며 어떻게 소멸될 것인가. 어쩌면 인간이란 삶의 분장을 하고 인생을 연기하는 허무와 망각의 단역배우일지도 모른다.

제4부

카우치에서 시를 읽다

메노포즈

외로워서 섹스한다는 여고생과 늙음은 죄가 아니라고 항변하는 늙은 사내 중 자기감정에 충실한 연기자는 누구일까 스크린과 허그하며 상상하였지만 침대의 주인공은 바뀌지 않았다 황홀함도 설렘도 불감증에 전혀 효과가 없다는 중년 여배우에게 젊은 태양과의 혼숙을 권했다

사랑을 위해 목숨을 내어놓을 수 있냐고 질문했지만 정사신과 키스신 중 더 애절한 게 무어냐고 되물었을 뿐이다 조루와 지루 중 외로움을 달래줄 배역은 누구일까, 눈을 똑바로 쳐다보며 답하라 했지만 마지막 감정까지 추궁당하기 싫다고 했다

대지 위에 뿌려진 질투는 눈물이 될까 노래가 될까 간절한 오선지에 엎질러진 구름을 보며 허밍하였지만 장대비는 내리지 않았다 간신히 담벼락을 넘은 빗줄기마저 하얀 도화지를 적시진 못했다 자궁벽이 마르자 비탈진 계곡에서 컹컹 개 짖는 소리가 들렸다

* * * * *

의사의 나이에 따라 환자의 연령층도 변한다. 이를테면 나이 지긋한 산부인과 의사에게 젊은 산모보다는 비슷한 또래의 부인과 환자들이 많이 방문하듯이. 내 나이가 그런지 산부인과 의사도 아닌데 갱년기에 관한 질문을 많이 받는 편이다. 산부인과 진료는 하지 않지만, 문진을 거쳐 HRT(여성 호르몬 대체요법) 처방은 하고 있다.

내게 HRT 처방을 요구한 그녀도 심한 갱년기 증상을 겪고 있었다. 당뇨약을 처방받기 위해 방문했는데 심리적 불안감을 동반한 상태여서 그런지 지금까지 보아왔던 모습과는 조금 다른 분위기였다. 차분했던 모습은 온데간데없고 안절부절못하던 그녀가 깊은 한숨 끝에 겨우 입을 열었다. 요즘 들어 주변이 낯설게 느껴진다고. 길들여진 생활방식과 가까운 사람마저도 처음 대하는 것처럼 불편하다는 것이다. 가족과 남편은 물론이요, 심지어 자기 자신도 낯설다고. 달거리가 사라지고부터는 발바닥이 뜨겁고 얼굴이 화끈거리며 매사에 의욕이 사라져 자꾸 우울해진다는 거였다. 감정의 전이인지 모든 것이 낯설다는 그녀의 말이 한동안 뇌리에서 사라지지 않았다. 그녀가 나간 후 텅 빈 진료실에서 대체 여기는 어디이며 나는 왜 여기에 있는가 하는 낯선 경험을 해야 했다. 그러고 보니 나도 갱년기임이 틀림없다,

우리가 흔히 빈 둥지 증후군이라 일컫는 갱년기는 중년기 위기 증상이다. 남편은 바깥일에 몰두하고 자식들은 커갈수록 연애 취직 결혼 등으로 각자 독립적인 생활을 하게 된다. 아내와 엄마로서의 역할에 충실했던 여자들이 소외감을 느끼면서 심리적 불안에 빠진다.

정신분석학자 칼 융은 사람들이 40세를 전후로(지금은 50세 전후이지만) 이전에 가치를 두었던 삶의 목표와 과정에 의문을 제기하면서 중년기 위기(Midlife Crisis)가 시작된다고 주장한다. 이런 증상은 사회경제적으로 성공하기 위해 자신의 욕구를 억압하며 살아온 것에 대한 회의와 현재의 삶에 대한 무가치감으로부터 시작된다. 상실감과 공허감은 자신에 대한 체념으로 비롯되지만, 오히려 정반대의 징후를 일으키기도 한다. 심리적 상실감을 견디지 못해 쇼핑 중독이나 알코올중독에 빠지는 경우도 있다. 조금 다른 관점에서 바라보면 폐경은 열심히 삶을 꾸려온 사람에게는 일종의 휴식이요, 나이 듦에 대한 보상일 수 있다. 폐경은 임신을 위해 매달 겪어야 했던 번거로움에서 벗어난다는 의미도 포함한다. 남은 삶에 대한 가슴 떨리는 기대감보다는 잃어버린 것들에 대해 아쉬움이 더 클 수도 있지만, 오늘 이 시간이야말로 가장 젊고 빛나는 시간임이 틀림없다.

하지만 폐경이란 단어가 주는 어감은 여성으로서의 단절을 의미하는 것 같아 불편하다. 폐광, 폐간, 폐교 등 폐(閉) 자가 주는 부정적 이미지 때문일 것이다. 그래서 폐경이란 말을 끝내 거부한 시인도 있다.

수련 열리다

닫히다

열리다

닫히다

닷새를 진분홍 꽃잎 열고 닫은 후

초록 연잎 위에 아주 누워 일어나지 않는다

선정에 든 와불 같다

수련의 하루를 당신의 십 년이라고 할까

엄마는 쉰 살부터 더는 꽃이 비치지 않았다 했다

피고 지던 팽팽한

적의(赤衣)의 화두마저

걷어버린 당신의 중심에 고인 허공

나는 꽃을 거둔 수련에게 속삭인다

폐경이라니, 엄마,

완경이야, 완경!

– 김선우, 「완경(完經)」 전문

나이 든다는 건 자연스러운 일이지만 그리 유쾌한 일은 아니다.

"너희 젊음이 노력으로 얻은 상이 아니듯, 내 늙음도 내 잘못으로 받은 벌이 아니다" 영화 '은교'에서 늙은 시인 이적

요가 17세 소녀를 가슴속에 품어버린 후 쓸쓸히 내뱉은 말이다. 물론 그에게 여고생 은교는 신선한 갈망이자 죽음과도 같은 사랑이었을 것이다. 그것은 세이렌의 노래이고 결코 채워질 수 없는 욕망일 것이다. 그는 현실을 자각하고 '잘 가라 은교야'라고 말하며 떠나보낸다. 정신적 사랑과 신체적 나이 차이는 묘한 대비를 이루며 현실과 사랑의 간극을 보여준다. "여고생은 외로워서 섹스한다."는 은교의 말이 외로움이라기보다 시기와 질투, 그리고 욕망에 관한 감정이 뒤섞여 있듯이.

심신의 부조화가 심하면 감정의 조절도 쉽지 않다. 마음은 시퍼런 여름인데 몸은 벌써 가을의 중턱에 와 있을 때 외로움은 더 심해진다. 호르몬 분비는 이십 대 중반 이후 서서히 줄어들기 시작해서 오십 세 전후에 바닥에 이르게 된다. 이때가 갱년기로 접어드는 시기인데 우리나라 여성은 평균 49.3세에 폐경을 맞는다. 흔히 사말오초라 부르기도 하는 이 시기를 '여성의 가을'이라 칭하기도 한다. 신체가 노화되는 과정에서 난소의 기능이 떨어지면서 에스트로겐이 부족해져 다양한 증상이 나타나는 것이다.

폐경 초기에는 시도 때도 없이 얼굴이 붉게 달아오르는 안면 홍조가 가장 흔한 증상이지만 불면증, 우울증, 식은땀 등의 증상이 동반되기도 한다. 폐경 중기에는 질 건조증에 의한 성교통이나 빈뇨, 요실금 등의 증상이 나타나 일상생활에 불편을 초래한다. 후기로 가면 골다공증이나 심혈관질환, 심한 경우 치매까지 나타날 수 있다.

갱년기 증상을 겪는 것은 남성들도 마찬가지다. 현저히 감소한 남성호르몬의 영향으로 감정의 기복이 심할뿐더러 수다스럽기까지 하다. 사회를 향해 부르짖던 정의감도 조용히 꼬리를 내리고 만다. 조그만 일에도 선뜻 결정을 내리지 못하고 아내의 도움을 청한다. 부부관계도 마찬가지다. 성욕 감퇴뿐 아니라 발기부전과 조루증이라는 불청객을 맞이한다. 때로는 합리적이고 이성적인 판단마저 호르몬의 지배를 받기도 한다.

이런 증상들은 무조건 참는다고 해결될 성질이 아니다. 무엇보다도 눈에 띄는 증상은 성욕 감퇴일 것이다. 리비도(Libido) 감소는 욕망의 감소를 의미한다. 지금까지 삶의 원동력이었던 욕망의 대상이 한낱 무의미한 세계로 전락하고 만다. 매사에 의욕을 잃고 마침내 곁에 있는 남편마저 귀찮은 존재로 돌변하는 것이다. 이제 여성의 성욕은 금기의 대상이 아니라 치료의 대상이다. 급기야 FDA는 여성의 성욕을 높여주는 '핑크 비아그라' 판매를 처음으로 허가했다. 지금까지 비아그라로 대변되는 수많은 발기부전 치료제는 남성에게만 국한되어 사용되었다. 핑크 비아그라는 작용 원리가 전혀 다르고 효과 면에서도 차이가 크다. 비아그라는 단 한 번의 복용으로 즉각적인 효과를 얻을 수 있지만 핑크 비아그라는 2개월 정도 꾸준하게 먹어야 효과가 나타난다. 부작용이 효능에 비해 크다는 지적도 있다. 실제로 부작용 우려 때문에 FDA에서 두 차례 승인을 거부당하기도 했지만, 미국에서는 2015년에 승인되어 곧 시판될 예정이다. 하지만 국내에선 가까운 시일 내 시판되기는 어려울 것으로 보여 아직은 HRT에 의존하는 정도이다.

갱년기를 극복하는 데 가장 중요한 것은 주변의 사람이나 가족들로부터 자신이 꼭 필요한 존재이고 사랑받는 사람이라는 확신이다. 이를 위해서는 가족 간의 친목과 화합이 절실하다. 하지만 오래된 부부 사이에 슬그머니 자리 잡은 권태기는 당연한 결과로 받아들이고 특별한 노력을 기울이지 않는 경우도 있다. 아무리 견고한 사회적 명성을 얻었다 할지라도 배우자로부터 외면당한 인생은 공허한 불빛에 불과하다. 인간은 누구나 영원한 사랑을 꿈꾸지만, 오래된 사랑을 하는 사람들을 보면 그들이 변치 않는 사랑을 하는 것이 아니라 수시로 변하는 사랑의 온도에 잘 적응한 것이리라.

계절의 변화처럼 찾아온 갱년기를 조화롭게 극복할 수 있는 지혜는 무엇일까. 그것은 바로 부부간의 신뢰 회복이 아닐는지. 부부간의 사랑을 잃어버린 사람들은 갱년기보다 더 혹독한 대가를 치르게 될지도 모르기 때문이다.

권태기 맞나요
갑작스런 내 질문에
뺄쭘한 40대 중반의 여자가
권태기가 아니라 웬수지간이라고.
불꽃이 일던 이삼 년 지나고 나서
권태기 아닌 시간이 대체 언제였냐고 반문했다
주말 부부인 권태기씨를 만나러 가는 길에

발기부전 치료제 처방전이 필요할 것 같아

남편 대신 들렸다며

권태기 극복을 위해선

그 잘난 이름부터 바꿔야 한다고 씩씩거렸다

권태기는 의외로 많았다

김권택도, 박권택도

권태기라 불렸고

씨받이를 감독한 임권택 감독도

친구들 사이에선 권태기라 불려졌다

권택희씨만

자기가 권태기라 불린다는 사실을 알지 못했다

지난 명절 대목

우연히 포장마차에서 권택이를 만났다

그는 간이 많이 부어 있었다

알콜중독에 불면증까지 겹쳐

주말에 한 번 만나는 아내마저 두렵다고 했다

나는 권태기를 극복할 요량으로

소주잔을 치켜세우며

권태기 하고 소리쳤다

그때 나를 쳐다보던

수많은 눈빛들

권태기라 불리는

              -「권태기」 전문, 『히스테리증 히포크라테스』

사물을 바라볼 때 오직 한 면만 바라보면 전체를 파악할 수 없다. 갱년기를 대하는 우리의 태도도 마찬가지다. 지금까지 살아온 세월을 움켜쥔 모래알로 생각하면 불행하겠지만 굳건한 빌딩처럼 우리를 더욱 단단하게 만드는 인생의 재료로 생각한다면 적지 않은 행복을 느낄 수도 있을 것이다. 여성의 종말이 아니라 새로운 인생의 출발점으로 갱년기를 바라보면 중년을 지나는 길목에서 아름다운 창 하나를 발견할 수도 있다. 목적지를 향해 가는 그 계절의 가치를 발견하여 남겨진 시간을 잘 살게 하는 돋보기로 활용할 수도 있을 것이다.

여성으로서 임무를 완수한 여체는 신비의 대상을 넘어서 숭고의 대상일 수도 있다. 임신의 부담감에서 벗어나고 매달 겪어야 하는 생리의 고통에서 해방된다. 남성호르몬의 상대적 증가로 오히려 적극적인 삶으로 탈바꿈하기도 한다. 상대방에게 너그러워지고 세상의 고통을 어루만져 주기도 한다. 사회봉사에도 적극적이고 자아 성취를 위한 자기 계발에도 능동적이다. 수유와 육아에 따른 모성 독점적이던 신체가 다른 사회 구성원들의 고통에 공감한다. 하나의 씨를 위해서만 존재하던 대지가 열매를 맺을 수 있는 넓은 대지로 탈바꿈한다. 이 모든 장점을 살릴 수만 있다면 그것은 위로가 아니라 축복일지니, 이 아름다운 가을을 위해 축배를 들어라.

마른 계곡이여, 건배!!

청부살인

의뢰인을 밝힐 수는 없다
그것만이 철저한 생존법칙이니까
현장의 법칙에 따라
형체를 알 수 없게 무참히 살해한다
한 점 핏덩이까지 고스란히 처치하고서도
안심이 되지 않아
칼을 세워 두세 번 더
마지막 남은 정액의 내벽까지 긁어낸다
워낙 잔인하게 살해되어
증거는 하나도 남지 않았다
잔인한 방법의 킬러일수록
그 명성은 높다
섬뜩한 칼날에
비릿한 냄새만이
일이 무사히 진행되고 있음을 암시한다
태몽처럼 환한 무영등 아래
오늘도 완전범죄를 꿈꾸는 청부업자
핏빛 달콤한 킬러의 밤

* * * * *

바캉스 베이비란 말이 유행한 적이 있다.

그녀의 배가 불러오기 시작한 것은 옷깃을 여밀 정도의 찬 바람이 불어올 즈음이었다. 이글거리는 태양이 무지개 파라 솔에 작렬했던 팔월의 해수욕장이었다. 그러니까 뜨거운 태양을 피해 모텔로 기어들어 간 것이 문제였다. 그로부터 3개월이 지나면서부터 눈에 띄지 않을 만큼 배가 불러온 것이다. 그녀는 어머니께 고민을 털어놓았고 이윽고 산부인과를 찾았다. 철딱서니 없는 행동이지만 학생 신분으로 아이를 낳아 기를 수는 없노라고 의사에게 애원했다. 모녀의 딱한 사정을 듣고 난 의사는 그녀의 간청을 들어 주었다. 보호자와 동행했고 수술동의서를 받았고 수술비도 받았다.

이럴 때 누가 처벌받아야 할까? 그리고 그 죄목은 무엇일까? 죄명은 낙태죄이고 둘 다 처벌을 받아야 한다. 낙태를 의뢰한 임부는 1년 이하의 징역 또는 200만 원 이하의 벌금, 부녀의 촉탁, 또는 승낙받아 낙태 시술한 의사는 2년 이하의 징역에 처한다. 물론 아무도 처벌받지 않았다. 낙태죄는 고소나 제보가 없으면 처벌하기가 쉽지 않기 때문이다. 낙태죄의 이해를 돕기 위해 상상해 본 가상 시나리오지만 여름휴가가 끝난 뒤 주변에서 흔히 볼 수 있는 풍경이기도 했다.

> 성교는 주로 남성의 문제이지만 임신은 오로지 여성만의 문제다…. 임신은 살려는 의지가 인간의 형태를 취하는 것이기 때문에 자유자재로 오히려 의기양양하게 걸어 다니는 데 비하여 성교는 범죄자처럼 살금살금 걸어간다.
>
> — 쇼펜하우어

의지의 철학자 쇼펜하우어마저 임신을 단지 여성의 문제로 국한하여 여성에게 책임을 전가하고 있다. 섹스를 비하하고 범죄 행위처럼 묘사한 것은 비윤리적이고 비도덕적인 행위를 꼬집은 것이리라. 인간은 본래 불완전한 존재이기 때문에 끊임없이 완전체를 추구한다. 완전 합일에 가장 근접한 방법이 남녀 간 성적인 결합일진대 그 결과가 낙태라니.

"나는 어떤 여성에게도 낙태시킬 수 있는 페서리를 주지 않겠다." 히포크라테스 선서의 일부다. 의료 윤리를 규정하고 있는 이 문서는 BC 5세기경에 작성된 것이다. 낙태는 인류가 의료행위를 시작한 고대사회부터 성행했고 이에 대한 논란은 아직까지 이어지고 있다. 낙태죄가 존속하는 한 의사는 살인자다. 그것도 살인을 의뢰받아 수행하는 청부살인. 다소 과격한 표현이지만 이는 어디까지나 불법적 행태를 고발한 것이다.

밀레니엄이 시작되기 전까지 우리 사회는 남아 선호 사상이 세상을 지배했다. 임신하면 으레 초음파로 성별을 감별하여 여아일 경우 낙태를 강요하는 사회 풍조가 있었다. 박

완서 소설 「꿈꾸는 인큐베이터」는 시어머니와 시누이의 강요로 낙태를 한 여인이 등장한다. 아들을 낳기 위해 딸을 죽인 자기 행동이 남아선호사상에 묻혀 그럴듯하게 포장된다. 하지만 자신의 성스러운 자궁이 한낱 아들을 낳기 위한 도구로 사용되었다는 사실을 깨닫고 절망한다. 꿈꾸는 인큐베이터는 남성 중심적인 사회와 그로 인한 낙태를 비판하고 있다.

원하지 않는 임신을 피하기 위한 피임의 역사는 아주 길다. 기록상으로 확인할 수 있는 가장 오래된 것은 고대 이집트에서 피임을 위해 사용한 일종의 페서리이다. 이후 콘돔, 살정제, 자궁 내 장치 등이 사용되었다. 1960년 미국에서 최초로 피임약이 시판되었다.

의학의 발전과 인식의 변환 등으로 많은 피임법과 낙태약이 개발되고 있다. 사후 피임약과 임신 초기에 사용할 수 있는 먹는 낙태약이 그것이다.

사후피임약은 성관계 후에 응급으로 복용하여 인위적으로 임신 가능성을 낮추는 약물로, 응급피임약을 뜻한다. 현재는 전문의약품으로 분리되어 반드시 의사의 처방을 받아야 한다. 그런데 최근 사후피임약을 일반의약품으로 전환하려는 시도가 고개를 들고 있다. 사후 피임약의 일반의약품 전환은 청소년들을 불건전한 성문화에 노출시킬 수 있다. 사회적 합의나 제도적 안전장치 없이 시행된 이런 정책은 성윤리의 타락만 부추길 뿐이다.

먹는 낙태약인 미프진의 경우는 더욱 신중하게 사용해야

한다. 대량 출혈 등의 위험이 있어 반드시 산부인과 의사의 지시 감독에 따라야 한다. 원하지 않는 임신을 예방하기 위해선 경구피임약, 피하이식형 피임, 루프나 미레나 같은 자궁내 피임 장치 등 다양한 방법 중 자신에게 맞는 피임법을 선택해야 한다.

울 엄마 마흔넷에 날 가지시고 산꽃 드신 만큼 배불러 오자
남사시러버서 문지방 한번 넘어보지 못하시고
촉석루 초롱빛에 넘실대는 새벽 남강 바라보시다가
나를 낳았다고 하시네 구박이 서 말이라
행여 누가 볼까 봐 다락방에 핏덩이 올려놓고 끙끙 앓았다고 하시네

(중략)

이제 울 엄마 내년이면 백수네
울 엄마 소원대로 다 큰 아들놈 데리고 고향 가면
그래 왔냐 오냐 오냐 그놈 참 잘 컸다 하시네
죽어도 여한 없는디 증손자 언제 보냐고 또 채근하시네
빌어먹을 이래저래 난 할 일이 아직도 많이 밀려 있네.
　　　　　－ 정성욱, 「삼대(三代)」 부분(『시인동네』, 2018년 6월호)

피임이나 낙태가 흔치 않던 시절의 우화 같은 이야기다. 다행히 해피엔딩으로 결말을 맺었지만 요즘 같은 시대에는 불가능한 이야기일지도 모른다. 보통 부모의 나이가 마흔을

넘어서면 늦둥이라 부른다. 오십 넘어 얻은 쉰둥이도 있다. 이들은 대개 늦둥이란 이름으로 불리다가 호적에 올릴 때 만득(晚得)이란 이름으로 재탄생하기도 한다.

3남 1녀의 막내인 나도 요즈음 같으면 이 세상에 태어나지 못했을지도 모른다. 꼭 그래서는 아니지만 나는 인위적인 낙태에 반대한다. 더군다나 출산율 감소로 인구 대책이 절실할 때 낙태라니. 낙태를 줄이기 위해서는 우선 미혼모, 미혼부, 입양 등에 대한 인식의 전환이 필요하다. 어떤 임신이라도 차별받지 않고, 존중하는 사회를 만들어야 저출산과 낙태 문제를 해결할 수 있을 것이다. 그러기 위해서는 한 사람의 생명까지 귀하게 여기는 사회적 인식이 절실하다.

For Sale:
Baby shoes,
never worn.
(한 번도 신은 적 없는 아기 신발 팝니다.)

헤밍웨이가 쓴 세상에서 가장 짧은 소설이다. 어린 생명, 혹은 태어나지 못한 아이에 대한 슬픔이 절절히 묻어난다. 낙태와는 상관없는 죽음이지만 어린 생명에 대한 죽음은 슬픔의 농도가 훨씬 더 진하다. 태어남과 태어나지 못함, 혹은 태어남과 태어날 수 없음은 에로스에서 타나토스로 한순간에 추락해 버린다. 손끝과 손끝이, 가슴과 가슴이, 그 억센 포옹이, 서로를 향한 갈구가 만들어 낸, 우리가 사랑이라고 명명한 일련의 행위가 어찌하여 한순간에 나락으로 떨어지고 마는지.

　지난해 말 청와대 홈페이지에 낙태죄 폐지 청원이 이어졌다. 논란은 여성계, 시민사회, 종교계, 의료계 등으로 확산하면서 더욱 거세지는 양상이다. 히포크라테스 선서가 작성된 때부터 인공지능 의사가 출현한 지금에 이르기까지 낙태에 대한 논란은 현재진행형이다.

　헌법재판소는 2012년 낙태죄 합헌 결정을 내린 바 있다. 당시 헌재가 합헌을 결정한 이유는 다음과 같다. 태아의 생명권은 중요하다. 낙태를 처벌하지 않으면 생명 경시 풍조가 확산할 것이다. 불가피한 사정엔 낙태를 허용하므로 여성의 자기결정권을 제한한다고 볼 수 없다. 하지만 그 논란은 지금까지 계속되고 있다. 여성의 '자기결정권 존중'과 태아의 '생명권 보호'라는 가치가 또 한 번 충돌하였을 뿐 뚜렷한 결론을 내리지 못했다.

　현재 우리나라에서는 임신 초기를 포함한 모든 낙태를 금지하고 있다. 몇 가지 예외 규정을 두고 있지만 이마저도 임신 24주 이내일 때만 가능하다. 낙태 허용 범위가 너무 좁아 사실상 임부의 자기결정권을 침해한다고 볼 수 있다.

　낙태에 반대하는 것은 인류에 대한 정언명령이다. 하지만 낙태법 폐지 또한 엄연한 시대적 윤리이다. 이미 밝힌바 나는 인위적인 낙태에 반대한다. 또한 의사와 임부를 범죄인 취급하고 처벌하는 낙태법에도 반대한다. 낙태에 반대하면서 동시에 낙태법에 반대하는 이율배반을 어떻게 극복해야 할까. 이런 모순을 극복할 때까지 의사에게 낙태를 거부할 권리를 보장해야 한다. 그리고 모든 시술 정보를 정부가 파악하여 적절한 관리 감독을 해야 할 것이다. 다시 헌법재판소의 결정에 관심이 쏠리고 있다. 낙태도 금하고 낙태법도 폐지하는 솔로몬의 지혜는 없을까. 헌재의 판결이 무척 궁금해진다.

트랜스젠더의 꿈

난 오늘도 다산을 꿈꾸지

씨 뿌려 수확하는

고루한 양물을 거세하고

하늘 한 번 우러르지 않고도 딸 수 있는

별들의 운명만 생각하지

불가사의한 유방을 양 가슴에 달고

시험관 같은 자궁을 이식받아

대지에 넘쳐날 아기별을 상상하지

상상만으로도

주렁주렁 열리는 무화과처럼

무정자증인 너의 눈웃음 한 번 훔치지 않고서도

덜컥 달거리가 사라지고

모과의 단맛이 어른거리는

여왕벌 세상

난

오늘도

씨 뿌리지 않고 수확할 수 있는

다산의 여왕을 꿈꾸지

＊ ＊ ＊ ＊ ＊

한 편의 퀴어 영화가 우리 사회를 휩쓸고 있다. 위대한 음
악 천재이자 동성애자인 그룹 퀸(Queen)의 리더 프레디 머큐
리의 전기를 다룬 보헤미안 랩소디가 그것이다. 우리나라에
서 동성애자를 주인공으로 다룬 영화가 이토록 흥행하리라
곤 아무도 예측하지 못했을 것이다. 물론 동성애 코드로만
이 영화를 보는 사람은 많지 않다. 오히려 순수한 인간성과
음악에 대한 열정이 흥행 원동력이 아닐까.

동성애자를 포함한 성소수자 전반을 포함하는 용어는
LGBT 혹은 퀴어이다. LGBT는 레즈비언(Lesbian), 게이
(Gay), 바이섹슈얼(Bisexual), 트랜스젠더(Transgender)의 첫
글자를 딴 단어이다. 퀴어(Queer)는 '이상한' '색다른' 등을 나
타내는 단어로 처음에는 동성애자를 비하하는 명칭이었으
나, 동성애자들이 적극적으로 자신들을 퀴어라 부르기 시작
하면서 널리 알려졌다. 현재는 성소수자 전반을 포괄하는 단
어로 사용되고 있다.

그렇다면 LGBT는 심각한 질병일까, 아니면 단순한 성적
취향일까? 비만과 흡연이 질병으로 인식되어 적극적 예방과
함께 치료를 권장하는 반면 퀴어는 개인적 성향으로 받아들
여 용인하고 더불어 사는 경향이 많아지고 있다. 동성애자
에 대한 편견은 여전하지만 색안경의 빛깔은 매우 옅어진 것
이다.

가히 보헤미안 랩소디 열풍이라 할만하다. 영화를 두세 번 보았다는 사람도 있고 감동적인 사연에 눈물을 흘렸다는 사람들도 많았다. 나는 화려한 뮤지션이자 고독한 예술가인 그의 노래에 매료되었다. 죽음을 앞둔 한 사나이의 절절한 심정이 엄마를 부르는 애절한 목소리에 그대로 드러나 있다.

> 엄마, 방금 한 사람을 죽였어요
> 총을 그의 머리에 겨누고 내 방아쇠를 당겼지요
> 이제 그는 죽었답니다.
> 엄마 삶은 막 시작되었을 뿐인데
> 난 그 모든 것을 팽개쳐 버린 거예요
> 엄마, 오 당신을 울게 하려고 한 건 아니었어요.
> … 중략 …
>
> 너무 늦었어요. 내 차례가 되었군요.
> 등골에 전율이 타고 내려오고 온몸이 내내 아파와요
> 모두 잘 있어요. 난 가야만 해요
> 당신들을 남겨두고 모든 것을 뒤로 한 채
> 현실에 직면해야 하죠
> 엄마, 오 난 죽고 싶진 않아요…

나는 동성애 코드에 주목하며 노래 가사를 음미했다. 그리고 그가 앓았던 AIDS에 대해서도. 그가 사망할 당시만 해도 AIDS는 신이 내린 형벌쯤으로 인식되었다. 확실한 원인을 알지 못했기에 후천적 면역 결핍 증후군이라 불리었다. 그 후에 원인 바이러스가 밝혀지고 치료약제도 개발되어 보편적인 질병으로 여겨졌지만, 당시만 해도 커다란 재앙이나 형벌쯤으로 받아들였다. 처음 에이즈에 걸린 사람들 대부분이 남자이고, 백인이었으며, 그들 중 상당수가 동성애자들이었다. 그래서 에이즈는 특정 계층의 사람들에게만 발병한 재앙쯤으로 인식되었다.

수전 손택은 1988년에 발표한 〈에이즈와 그 은유〉를 통해 에이즈와 결부된 '역병'이라는 은유에 이의를 제기했다. 역병이라는 은유는 에이즈를 도덕적 타락에 대한 천벌로 받아들이게 했다. '현대의 흑사병' '현대의 역병'이라는 낙인을 찍으며, 에이즈를 앓고 있는 사람들마저 죄인으로 취급해 버린다는 것이다.

그녀의 주장은 강력하며 구체적이다.

"에이즈, 또는 사람들에게서 자책감이나 수치스러움을 끌어내는 특정 질병에 관한 한, 해당 질병 자체에서 이런 의미와 은유들을 떼어내려는 노력이야말로 우리를 자유롭게 해주고, 우리에게 위안을 줄 것이다. 그러나 단지 은유의 사용을 절제한다고 해서 은유를 멀리 떼어낼 수 있는 것은 아니다. 우리는 은유를 폭로하고, 비판하고, 물고 늘어져, 완전히 쓸모없게 만들어야 한다."

질병은 질병 그 자체로만 받아들여야지 거기에 불필요한 의미를 부여해서는 안 된다는 것이다. 질병이 주는 고통보다 주변 사람들이 자신을 바라보는 인식이 더 고통스러울 수 있기 때문이다.

프레디 머큐리 역시 죽기 전날에서야 자기가 에이즈 환자라는 사실을 밝혔지만, 동성애자라는 사실은 끝내 말하지 않았다. 그는 성정체성에 관한 질문을 받았을 때 "우리는 부적응자를 위해 연주하는 부적응자들이다. 세상에서 외면당하는 사람들 그들을 위한 밴드다."라고 말했다. 그의 노래 'we are the champions' 역시 동성애자들에게 바치는 노래이다.

태국의 유명 휴양지 파타야에서 트랜스젠더 쇼인 '알카자쇼'를 본 적이 있다. 세계 3대 쇼라는 명성에 걸맞게 화려한 무대와 몽환적인 사운드, 현란한 춤 동작이 어우러진 멋진 무대였다. 하지만 나는 그 환상적인 무대 뒤에 가려진 트랜스젠더의 슬픈 뒷모습을 보았다. 새처럼 모이를 먹으며 뼈를 비워내고 뱀처럼 기어 다니며 살을 덜어낸 뒤 허공을 저어대는 날갯짓, 저 가벼운 몸짓으로 생애 가장 따뜻한 한 철을 보내다가 어느 날 갑자기 스스로 허물을 벗고 제 혼을 찾아 훌훌 떠나버린 슬픈 육신들. 자신의 혼을 팔아 병든 육신을 달래는 그들은 끝내 여자가 되지 못했다.

가이드에게 전해 들은 이야기는 더 슬펐다. 그들은 한 달에 한 번씩 호르몬 주사를 맞으며 여성성을 유지해 나간다. 그러다가 중년이 되면 숨어 있는 남성성이 발현하여 중성의 이미지로 돌변한다는 것이다. 그때 또다시 성정체성의 혼란을 겪어 자살로 생을 마감하는 예도 있다고 했다.

그는 태국에 유독 트랜스젠더가 많은 이유를 전쟁의 역사에서 찾았다. 국경을 접하고 있는 미얀마와의 오랜 전쟁에서 젊은 남성들이 징집을 피하고자 여장을 시도한 것이 문화 역사적 배경이 되었다는 것이다. 그래서일까. 태국은 그야말로 트랜스젠더 천국이다. 해마다 트랜스젠더 중에서 가장 아름다운 '미스 알카자'를 선발한다. 우리나라 트랜스젠더의 원조 격인 하리수가 심사위원으로 참석해 눈길을 끈 적도 있다. 슬픈 역사도 놀랍지만 그것을 관광산업으로 이용한다는 사실이 더 씁쓸했다.

슬픈 역사는 우리나라에도 존재한다. '가시나'라는 어원이 그것인데 몽골과의 오랜 전쟁에서 전쟁의 희생물로 끌려가지 않으려고 어린 소녀에게 일부러 갓을 씌웠던 것이 갓 쓴 아기가 되었고, 그 말이 가시나의 어원이 된 것이다. 평생 주홍글씨를 가슴에 달고 사는 여장남자의 한이 저렇게 화려한 날갯짓으로 부활한 것은 아닐는지.

여성의 몸으로 태어난 남성, 혹은 남성의 몸으로 태어난 여성, 그들은 온갖 사회적 지탄과 천대를 받다가 자신의 정체성을 찾아 마지막 선택을 한다. 이름하여 성전환수술, 그들은 자신의 정체성을 찾아 목숨을 걸고 수술대에 오른다. 하지만 진정한 행복을 찾기 위해서는 또다시 생물학적, 심리적 장벽을 극복해야 한다.

스팸으로 가득 찬 골통을 삭제하고
텅 빈 골수에 맞춤식 유전자 정보를 끼워 넣으면
신 게놈지도에 맞춰
난 신나는 싸이보그로 재탄생하지

칼 같은 혀로
짧고도 깊은 키스를 하고
심장을 관통하듯
단번에 자궁까지 파고드는
기하학적인 하루

… 중략 …

마우스의 리듬에 따라 신명 나게 춤추다
밤이 되면 수면 버튼을 눌러
예기치 않은 별자리의 탄생을 검색하지

고장 난 윈도의 눈알을 뒤집을 필요는 없어
시소게임 같은 섹스는 이제 지겨워

잘린 혀로 사랑을 더듬거리고
덜컹거리는 자궁으로
아바타의 복제를 축복하는

오! 해피데이
            ─「오! 해피데이」부분,『히스테리증 히포크라테스』

플라톤은 그의 저서 『향연』에서 동성애에 대해 매우 긍정적으로 묘사하고 있다. "우리들 각자는 하나가 둘로 나누어진 존재 즉 반편(半片)의 사람이어서 그 모습이 꼭 넙치 같다. 그리하여 우리들 각각은 자기로부터 나뉘어 나간 또 다른 반편을 끊임없이 찾게 되는 것이다. 남자들 중에는 그 옛날에 자웅양성으로 불리었던 혼합적 존재가 반으로 나뉘어 남자가 된 사람들은 여자를 매우 좋아하고 이 종(種)에는 색을 밝히는 자가 많다. 마찬가지로 남자를 밝히고 간통을 저지르는 여자들도 이 종에서 주로 나온다. 반면에 순전히 여성적인 존재가 나뉘어져 반편이 된 여성들은 남자에게는 전혀 관심이 없고, 오히려 여성들에게 친근감을 느끼며 이런 부류로부터 레즈비언들이 생겨나는 법이다."

자유로운 삶을 추구한 고대 그리스인은 성생활에서도 보편적인 금기를 뛰어넘는 분방함을 보여준다. 그들은 자연의 순리인 이성 간의 사랑은 물론, 반자연적인 동성 간의 사랑에도 거리낌이 없었다. 정신적이며 관념적인 사랑인 플라토닉 러브도 동성애에서 그 기원을 찾을 수 있을 것이다.

그렇다면 누구에게나 동성애 코드가 존재할까. 단지 성향이고 취향의 문제라지만 껄끄럽게 인식되는 건 어쩔 수 없는 것 같다. 인간의 내면에는 아니마와 아니무스가 공존한다고 하더라도 동성애를 쉽게 수긍하기는 어려울 테니까.

동성애자로 알려진 비트겐슈타인의 침묵의 시절은 1919년부터 10년간이었다. 아무런 기록도 남기지 않은 잃어버린 그 시간에 비트겐슈타인은 무엇을 하고 있었을까. '말할 수 없는 것에 대해서는 침묵해야 한다.'라는 철학적 아포리즘을 묵묵히 실천하려 했던 것은 아닐까. 자신의 동성애적 성향을 극구 부인하면서도 비엔나의 한적한 공원을 어슬렁거리며 동성애자 파트너를 찾고 다녔던 비트겐슈타인은 대체 어떤 생각을 하고 있었을까?

누군가를 사랑한다는 것이 환희와 즐거움만 주는 것이 아니라는 것은 진작 알고 있었지만, 이렇게도 애잔하고 슬픔이 가득 찬 침묵의 언어들이 어느 순간 나를 휘몰아치고 들어올 때, 나도 그만 침묵하고 싶어진다.

동성애는 사회적으로는 무관심한 영역이었고 개인적으로는 금기시해야 하는 병적인 현상으로 치부되었다. 나 역시 의학을 통해서가 아니라 문학이나 대중문화를 통해 동성애적 코드에 접근할 수 있었다. 동성애 코드는 이제 문화의 한 트렌드로 자리 잡아 대중문화 전반을 휩쓸고 있다. 영화, 소설, 드라마 등에서 더는 낯선 소재가 아니다. 문학에서는 이미 퀴어 장르라는 새로운 장르가 등장했다. 동성애에 관한 관심은 사회 전반으로 확산하는 분위기다. 우리나라에서도 매년 퀴어 축제가 열리고 있다. 올 한해만 서울을 중심으로 인천, 부산, 광주 등 총 7개 지역에서 퀴어 문화축제가 열렸다. 여전히 찬반 논란이 있지만 또 하나의 문화축제로 자리 잡아 가고 있다. 그들은 스스로 자신의 정체성을 드러내며 인식의 차별에 적극적으로 저항한다. 그리고 차별금지법 제정을 촉구했다.

차별금지법은 헌법 제11조 1항 "모든 국민은 법 앞에 평등하다. 누구든지 성별, 종교 또는 사회적 신분에 의하여 정치적, 경제적, 사회적, 문화적 생활의 모든 영역에 있어서 차별을 받지 아니한다."라는 평등권 조항의 실행법률로서 요청된다. 차별금지법이 규제하는 차별에는 동성애 차별만이 아니라 여성차별, 이주노동자 차별, 청소년 차별 등 민감한 사항들이 포함되어 있다. 이제 우리가 그들의 목소리에 답할 차례이다. 그들은 운명을 거스르려는 것이 아니라 자신 앞에 놓인 운명에 순응할 따름이다.

폐업 직전 늙은 의사의 진료실 풍경

늘어진 청진기를 목에 두르고 있다
빛바랜 와이셔츠에 넥타이는 매지 않았다
하늘색 단추가 느슨하게 풀려 있다
출퇴근도 휴식 시간도 명확하지 않다
벽시계의 초침은 미동도 하지 않는데
진한 하품 소리가 소파까지 전염된다
거식증인지 폭식증인지
묻기도 전에 바람의 몸무게를 잰다
이미 잠든 사람을 깨워 수면제를 권한다
푸른색 다이아몬드를 찾아
독수리 타법으로 자판을 두드린다

은폐가 불가능한 새끼고양이 수염처럼
자꾸 만져도 자라지 않는 토끼인형처럼
만질수록 반질거리는 방울토마토처럼
이제 막 사랑을 끝낸 중년 부부처럼

씨를 가진 것들은 모두 바람에 날리기를 원한다

* * * * *

10년 후 혹은 20년 후를 상상하며 쓴 詩지만 상당 부분 현재의 내 모습이기도 하다. 대기실까지 환자가 넘쳐나기를 바라면서도 적막강산처럼 고요하기를 꿈꾸기도 한다. 방문 환자들도 단골 위주로 그 양상이 바뀌었다. 오랜 세월 얼굴을 마주하다 보니 자신의 질병보다는 험난하고 고달팠던 삶의 여정에 대해 이야기하는 경우도 많다. 그러다 보니 자연스럽게 발기부전 치료제 처방을 요구하기도 한다.

1999년 혜성처럼 등장한 비아그라는 푸른색 다이아몬드의 혁명이었다. 남성 발기부전 치료에 있어 비아그라의 탄생은 실로 놀라운 변화를 예고했다. 콘돔과 피임약이 임신과 성병의 공포에서 여성을 구했다면 비아그라는 발기부전과 조루에 고민하는 남성들에게 획기적인 희망을 안겨 주었다. 여태껏 은밀하게 이루어졌던 성 상담이 진료실로 자리를 옮긴 것도 그즈음일 것이다. 비아그라를 처방하던 초창기에는 의사와 환자가 서로 눈을 마주치지 못했다. 약을 찾는 환자는 의사 앞에서 더듬거리기 일쑤였고, 쉽사리 말을 꺼내지 못하는 환자의 심중을 알아보는 의사도 흔치 않았다. 하지만 여러 종류의 발기부전 치료제들이 출시되면서 진료실 풍경도 많이 바뀌었다. 이제 약을 찾는 환자도 이를 처방하는 의사도 서로 눈을 피하지 않는다. 자연스럽게 상담하고 당당하게 처방을 요구한다. 심지어 어떤 환자는 구멍가게에서 담배를 찾듯 처방전을 요구하기도 한다. 어느샌가 비아그라는 발기부전 치료제의 대명사처럼 인식되고 남성갱년기와 동의어로 혼용되어 보통명사처럼 사용되고 있는 것이다.

불청객처럼 불쑥 찾아온 남성갱년기. 흔히 갱년기는 여성에게만 찾아오리라 생각하지만, 대부분의 남성들도 갱년기 증상을 겪게 된다. 익숙한 들풀이지만 여전히 낯설게 느껴지는 개망초처럼 아무도 관심 보이지 않아 더 외롭고 쓸쓸할 뿐이다. 더욱이 배우자와 같은 시기에 찾아오는 경우가 많아 거대한 파도에 휩쓸린 잔물결처럼 묻혀버리기에 십상이다.

언제부터일까, 내게도 갱년기 증상이 찾아온 것은? 나는 이제 클림트의 '키스'를 보아도 가슴 떨리지 않고 드라마의 달달한 장면이 나와도 데면데면해진다. 얇고 가는 붓처럼 섬세했던 감성은 중년 여인의 엉덩이처럼 펑퍼짐해졌다. 너그러운 포용력과 남자다움은 어디론가 자취를 감추고 쪼잔한 중년의 감정만 앙상하게 널려있다.

남성갱년기는 남성호르몬인 테스토스테론의 결핍으로 우울증, 무기력, 피로감, 성욕 감퇴 등의 증상을 느낀다. 지칠 줄 모르는 근육들은 썰물처럼 빠져나가 바닥을 드러낸다. 40대 후반에 발생하기 시작하는 남성갱년기는 남성의 약 1/3이 증상을 경험하게 된다. 폐경이라는 엄청난 신체적 정신적 변화를 동반하는 여성 갱년기에 비해 미미한 증상일 수도 있지만, 결코 무시하거나 간과해서는 안 된다. 더군다나 아무도 관심을 기울이지 않아 무기력한 계절을 혹독하게 보내야 하는 경우도 많다. 따라서 자가진단이 매우 유용하게 사용될 수 있을 것이다.

대한남성 과학학회가 제공한 남성갱년기 자가 진단법을 간단히 소개해 본다.

1 나는 성적 흥미가 감소했다.

2 나는 기력이 몹시 떨어졌다.

3 나는 근력이나 지구력이 떨어졌다.

4 나는 키가 줄었다.

5 나는 삶에 대한 즐거움을 잃었다.

6 나는 슬프거나 불안감이 있다.

7 나는 발기의 강도가 떨어졌다.

8 나는 운동할 때 민첩성이 떨어졌다.

9 나는 저녁 식사 후 바로 졸린다.

10 나는 일의 능률이 떨어졌다.

(1번 혹은 7번 질문에 '예' 또는 그 이외의 다른 3개 항목이 동시에 '예'인 경우 남성갱년기증후군이 있는 것으로 간주한다)

자가진단에서도 알 수 있듯 남성갱년기란 전반적인 남성성의 상실을 말한다. 그중에서 가장 중요한 것은 리비도 감소로 인한 성욕 감퇴인데, 남자에게 성욕의 감소는 전반적인 의욕상실을 의미하기 때문이다. 만약 성적 흥미를 다시 찾으

면 삶에 활기뿐 아니라 일의 능률까지 올라갈 수 있다는 말
이다. 반드시 남성갱년기를 치료해야 하는 당위성이 바로 여
기에 있다. 갱년기가 아니라도 발기부전 치료제가 꼭 필요한
때가 있다. 과도한 스트레스로 인한 심인성 발기부전이 그런
경우이다.

  얼마 전 신혼 초의 젊은 남성이 발기부전을 호소하며 방문
했다. 발기부전도 문제지만 그로 인한 불임이 더 큰 문제라
고 했다. 그런데 불임클리닉에서 정해준 날짜만 되면 어김없
이 고개를 숙이고 만다는 것이다. 나는 오랜만에 기꺼운 마
음으로 발기부전 치료제를 처방해 주었다. 며칠 후 다시 방
문한 그가 연신 싱글벙글 이다. 무사히 숙제를 마치고 진인
사대천명의 심정으로 결과를 기다린다는 것이다. 그런가 하
면 80대 이상의 노인이 너무 과한 양의 발기부전 치료제를
요구한 경우엔 난처하기도 하다. 더욱이 할머니는 전혀 곁을
주지 않는다는데. 부득부득 처방을 요구하는 경우엔 가벼운
실랑이를 벌이기도 한다. 막무가내 자기 말만 하는 노인을
설득하는 게 그리 쉬운 일은 아니다. 여성 환자가 발기부전
치료제 처방을 요구하는 경우도 있다. 고개 숙인 남편의 모
습이 너무 짠하여 남편 대신 왔노라고 말하는 그 모습엔 오
히려 애잔한 느낌이 묻어난다. 본인이 아닌 경우 처방이 곤
란하지만 남용이나 오용의 가능성은 없으리란 생각이 들기
도 한다.

모든 책임은 반반이라고 스스로를 위로했지만 반은 웃고 반
은 울고 있다 거울에 비친 모습은 어느새 반백을 넘었다 백 세
인생의 반을 넘기고도 반듯한 외모를 유지하고 있다 여전히 반
반한 얼굴의 그녀가 단언했다

발기는 모르지만 부전은 확실하다고

반값으로 구입한 복제약의 용량을 두 배로 올리고도 강직도
는 반의반으로 줄어들었다 보양식을 입에 달고 한 번에 몇 계
단씩 진급하면서도 침대에선 똑바로 일어서질 못했다 마침내
푸른 다이아몬드를 검색하던 그가 장담했다

아직도 살아날 가망은 반반이라고

— 「반반」 부분

갱년기에 있어서 남녀 차이가 뚜렷하듯 성을 인식하는 태
도에서도 남녀 차이는 확연하게 드러난다. 남성이 성행위 자
체에 국한하거나 오르가슴만을 목표로 하는 데 반해 여성
은 상대에 대한 배려나 감정의 변화를 훨씬 더 중요하게 여
긴다. 따라서 성에 대한 접근 방식이나 치료에도 신중히 고
려해야 한다. 성담론을 이야기할 때도 마찬가지다. 오로지
종족 번식만을 위해 존재하는 동물과는 달리 인간의 성행위
는 감정의 소통과 교감을 바탕으로 이루어진다. 그것은 일방
통행이 아니다. 섹스란 남녀가 공유하는 감정의 통로이자 사
랑의 완성이다. 그러기에 남녀가 다 같이 혜택을 누리고 함
께 책임져야 한다. 이런 사실을 망각한 채 성적 표현에만 급
급하면 자칫 여성비하나 여성혐오로 발전할 수도 있을 것

이다.

그것은 19세기 프로이트의 환자들에서도 마찬가지였다.

40대 중반의 부인이 분을 삭이지 못하고 씩씩거리며 프로이트를 방문했다.

"견딜 수 없이 마음이 불안해서 의사한테 갔는데 그 사람이 저더러 어떻게든 성생활을 하래요. 이혼한 남편과 합치거나 애인을 만들거나 자위하래요. 그러면 낫는대요. 정말 이런 게 정신분석인가요?"

남편과 이혼 후 심한 불안감을 호소하던 환자는 우선 동네의원을 찾았다. 그녀를 맨 처음 진단했던 동네의사는 그녀의 불안이 성적 만족의 결여에서 야기되었다고 판단하고 이런 처방을 내린 것이다. 젊은 의사는 자신의 진단과 조언이 최근 유행하는 프로이트의 정신분석 이론에 따른 것이니 여의치 않으면 프로이트를 찾아갈 것을 권한다. 심한 불쾌감을 느낀 여성 환자가 결국 프로이트를 직접 방문한 것이다.

프로이트는 그 의사의 행위를 격하게 비판하며 몇 마디 조언을 덧붙인다.

"그 젊은 의사는 정신분석의 과학적 이론에 무지한 사람이거나, 그 이론을 정말로 배웠다 하더라도, 내 이론을 모두 잘못 이해하고 있는 상태입니다. 그는 자신이 '성생활'이라는 개념의 정의를 분명히 알고 있다는 듯 조언했는데, 그의 머릿속에는 이 개념은 단지 성교 또는 오르가슴에 이르는 행위를 말하는 듯합니다. 하지만 정신분석은 그 의미를 일상생활 일반으로 확장시켰습니다. 사랑이라든가 온화한 감정, 그리고 이로부터 파생된 행동 일반이 성적인 것과 관련될 수 있습니다. 성이라는 것은 결코 행위 자체만을 가리키는 것이 아닙니다."

물론 이 사례는 프로이트의 리비도 이론을 잘못 해석한 젊은 의사의 무지에서 비롯된 해프닝에 불과하다. 하지만 히스테리 증세나 불안증이 지나치게 억압된 성적 욕망으로부터 야기한다는 당시의 시대상을 잘 보여준다. 프로이트가 활동하던 당시는 여자의 정숙을 강요한 나머지 책상다리에도 양말을 신길 정도였다고 하니 여성에 대한 성적 억압은 오죽하였을까. 그렇다고 지나친 욕망의 표출만이 능사는 아니다. 현시대에서의 성은 심하게 노출되고 지나치게 상품화되어 오히려 성적 욕구를 떨어트릴 수 있다. 정신적인 사랑을 배제한 육체적 위로에 불과한 섹스는 공허한 메아리와도 같을 것이기 때문이다. 대중의 인기를 누리고 사는 연예인이 우울증과 불면증으로 괴로워하면서 자살하는 것은 진실한 사랑이 없기 때문이다. 만인의 사랑을 등에 업고 살지라도 단 한 사람의 진실한 사랑이 없다면 인생은 공허하고 외롭다고 느끼게 될 것이다.

최근 정신분석가들에 의하면, 인간은 태어날 때부터 단순한 본능의 충족이 아닌 '관계'를 찾는다고 한다. 그들은 신경증의 원인을 성적 충동의 억제보다는 만족스러운 인간관계의 부재로 보는 것이다. 오늘날 사회 공동체의 기둥은 더 위태로워졌다. 인간관계는 더욱 복잡해졌고 오히려 걱정과 불안을 키우는 주요 요인이 되었다. 이와 더불어 인간의 욕망은 더욱 커졌고 이를 해소하는 방법 또한 다양해졌다.

우리 몸의 퇴화는 정직하다. 때때로 마음보다 앞서서 늙어갈 때도 있지만 온전히 자연의 섭리를 거스르는 법은 없다. 모든 사물이 희미해지고 지난 생도 희미해지고 앞으로의 생은 더욱 희미해지는 멀지 않은 시기가 내게도 닥치리라. 늙어가는 의사가, 역시 늙어가는 진료실에서 분신 같았던 청진기를 내려놓고 철 지난 잡지를 뒤적이고 있다. 수없이 마주했던 병명들이, 그 병을 앓고 있는 환자들이 조금씩 지워지고 있다. 그 황혼의 느낌이 오히려 생의 충만을 가르쳐주고 있다.

비아그라로 대변되는 남성용 발기부전 치료제가 세상에 첫선을 보인지 벌써 이십 년이 훌쩍 넘었다. 이른바 해피드러그라 불리는 약들은 발기부전 치료제를 비롯하여 탈모 치료제, 비만 치료제, 금연치료 보조제, 우울증 치료제, 사후 피임약 등 그 종류도 헤아릴 수 없이 많다. 인간 수명 100세 시대에 해피드러그는 어느새 필수 불가결한 요소가 되었다. 하지만 아무리 명약이라 할지라도 잘못 사용하면 그 피해는 고스란히 인간에게 되돌아온다. 그것은 삶을 피폐하게 만들수도 있기 때문이다. 푸른 다이아몬드의 혁명이라는 그럴싸한 말로 포장할지라도 진정한 행복은 내면 깊숙이 존재한다는 사실을 간과할 수는 없지 않은가.

자살토끼의 생환

수면제 과다복용이
사인(死因)이 되는 시절이 있었다
동네 약국을 돌며 수면제를 사 모으면
토끼풀이 쌓이듯 마음이 차분해졌다
검은 머리 짐승을 더 이상 믿을 수 없어
가난한 장롱 속에 가쁜 숨소리를 처박아 두었다
사랑과 증오는 동색이고 그 대척점에
모든 색(色)을 관용하는 죽음이 존재한다고 굳게 믿었다
상처 난 노을을 한 자씩 오려 붙인 네 잎 클로버를
야금야금 뜯어 먹었다
알록달록한 토끼풀이 경구처럼 널브러져 있었다
동일수법의 향이 짙게 묻어났다
흰색 털로 온몸을 위장했지만
눈알까지 물들이지 못했다
모든 속임수를 동원해도
어떤 감정은 마지막까지 복원할 수 없었다
첨단감각을 동원하여 죽음을 연구하던 토끼가
결국 장롱을 박차고 나왔다

＊ ＊ ＊ ＊ ＊

　그게 언제였던가. 내 생애 처음으로 죽음이란 단어가 떠올랐던 게. 이제 기억마저 가물거리지만 분명 내 인생 최대 위기였다. 다니던 학교를 포기하고 가까운 친구들과도 연락을 끊고 자포자기 상태로 칩거에 들어갔다. 몸은 극도로 쇠약해져 야트막한 계단도 숨이 차서 버거운 지경이었다. 새벽마다 목에서는 항아리 깨지는 소리가 났다. 굵은 기침과 함께 선홍빛 핏덩이를 쏟아냈다. 벌써 세 번째 재발한 결핵의 증상이었다. 어머니는 발을 동동거리며 구완했지만 병세는 회복되지 않았다. 얼굴은 창백했고 어지럼증은 점점 심해졌다. 입안에선 비릿한 완두콩 냄새가 났다. 하늘은 뿌옇게 변했다. 음산한 기운이 내 몸을 덮쳤고 문득 죽음이란 단어가 뇌리에 스쳐 지나갔다. 조금 두려웠지만 오히려 편안하리란 생각도 들었다. 그런 내 기분을 눈치챘는지 어머니는 날마다 몸 상태와 더불어 내 마음을 살폈다. 둘 사이 무심한 계절이 지나갔다. 박제된 몸에 서서히 살집이 차올랐다. 악몽과 가위눌림도 어느 순간 사라졌다. 긴 어둠의 터널에 한 줄기 볕이 들자 겨우내 얼었던 몸은 순식간에 녹아내렸다. 나는 손에서 놓았던 공부를 다시 시작했고 마침내 원하는 대학에 입학했다. 너무 일찍 찾아온 죽음의 그늘이 삶의 원동력이 되었던 것이다.

죽음에 대한 인디언들의 생각은 일종의 선택이었다. 자신을 지탱할 힘이 빠지고 공동체에서 더는 역할이 없다고 판단되면 스스로 죽음을 맞이하러 간다. 그저 벌판에 나가 조금 앉아있으면 그대로 죽음이 찾아 들었고, 그 자신은 동물들을 통해서 다시 자연으로 돌아가는 방식이다. 코끼리는 죽을 때가 되면 스스로 무덤 자리를 찾아가기도 한다. 죽음을 직감한 동물의 본능일지도 모른다. 그렇다면 스스로 선택한 죽음은 어떤가. 자살은 인간만이 가지는 고유한 선택일까.

자살의 심리를 한마디로 표현하기는 어렵다. 한 인간이 극심한 고통을 겪게 될 때 그 대상에 대해 극도의 적개심을 품게 되고 마침내 상대방을 죽일 수밖에 없을 때, 그 공격적 기제를 자기 자신에게로 향하는 것이다. 즉 내향적 공격성이다.

자살의 심리를 몇 가지로 요약하면 다음과 같다.

첫째 절망의 늪에 빠진 자아가 선택한 마지막 도피처이다. 극심한 스트레스로 인해 심신이 피폐해진 사람이 그 고통으로부터 탈출하고 싶을 때 자살을 생각한다. 우울증, 조현병, 알코올중독 등 정신장애를 동반한 경우엔 합리적인 판단이 어려워진다. 미래에 대한 희망을 상실한 자아가 마지막 도피처로 자살을 선택하는 것이다.

둘째 충동적인 순간에 대한 잘못된 선택이다. 인간의 사고와 행동을 주관하는 기관은 대뇌이다. 모든 신경을 통제하는 중추기능이지만 취약점도 가지고 있다. 엄청난 충격으로 흐

트러진 사고는 비정상적인 행동을 보이기도 하고, 혼돈에 빠지면 자살을 선택하기도 한다. 부부싸움을 하고 나서 욱하는 성질을 참지 못하고 자해한다거나 연인과 헤어지고 나서 극단적인 선택을 하는 경우 등이다.

셋째 타인에 대한 수동적이고 공격적인 복수이다. 자신의 노력을 이해해 주지 못하고 강요만 고집하는 사회나 부모에 대한 적개심, 학교폭력의 가해자에 대한 분노심 등을 표출하는 수단으로 자살을 선택하기도 한다. 자신이 피해자임에도 불구하고 가해자로 몰려 희생양이 될 때 이에 대한 항거의 표시로 자살을 선택하는 경우도 있다.

넷째 양심적 영역인 초자아의 비난을 견딜 수 없을 때 자아가 택한 마지막 수단이다. 제자 성추행에 가해자로 몰린 억울한 선생님이나 뇌물수수에 대한 수사를 앞둔 정치인의 자살도 이런 심리를 반영한 것이라 할 수 있을 것이다. 명예를 최고의 가치로 삼고 있는 자아의 최종 선택이다.

따라서 죽음을 대하는 태도도 자신이 처한 처지와 상황에 따라 변화한다. 부모 혹은 절대자로부터 받은 고귀한 생명을 내 맘대로 버릴 수 없다는 윤리적 혹은 종교적 관점으로부터, 어차피 개인의 생인 내 목숨에 관한 권리는 자신에게만 주어진다는 지극히 개인주의적 시각까지.

자살의 가장 많은 원인은 우울증이다. 특히 치료받지 못한 우울증에서 자살률이 가장 높다. 우울증에는 유전적 생물학적 심리사회적 요인이 복합적으로 영향을 미친다. 우울증의 원인은 매우 다양하지만, 대부분은 외부에서 오는 지나친 스트레스가 그 원인이다. 자기 욕구를 억제하면서 스트레스가 발생하는데, 이 과정에서 내부의 공격성이 외부로 발산되거나 내부로 향하게 된다. 영혼의 틈새는 오로지 트라우마의 연속선이다. 더 이상의 수식어가 필요 없는 생, 삶과 사람과 사랑에 대한 불신, 세상을 향한 증오심 등이 뒤섞여 결국 자살하고야 마는 것이다. 하지만 한 번도 체험해 보지 못한 죽음에 두려움을 떨쳐버리기 힘들다. 그래서 자살 사이트가 급증하고 동반자살이라는 극단적인 방법을 선택하기도 한다. 죽음에 대한 공포 또한 크기 때문이다.

입술과 항문과 성기가 없는 그곳으로 가면
술 마시지 않고도 잠들 수 있으리
촛농처럼 흘러내리는 고독을
한 줌 먼지로 방점 찍을 수 있으리
아직 내 몸을 빠져나가지 못한 맹독의 환상마저
알레르기 행진곡처럼
온몸을 붉게 물들이고 뇌 속까지 울려 퍼지리
퍼덕이는 아가미에서 미늘을 뽑고
밀랍된 고통의 타투를 말끔히 제거해
이카로스의 날갯짓 없이도
마음껏 하늘을 날 수 있으리
슬픔과 광기와 피흘림이 없는 그곳으로 가면

주어진 글을 읽고 〈심리학적 부검〉을 위해 고통관리 위원회

에서 내놓은 대책 중 자신의 처지에 비추어 가장 부합하는 경우를 고르시오

　1) 옥상으로 가는 모든 길을 차단한다 고층 아파트 주변의 경계를 강화하고 두세 명씩 짝을 지어 번지점프 앞을 서성거리는 여고생들을 집중 검문한다

　2) 베르테르 효과를 차단하기 위해 모든 소설을 사전 검열한다 드라마 영화에서 죽음의 장면을 삭제하고 자살 장면은 상영을 중지한다 조간신문의 부고란도 폐지한다

　3) 펜션에서는 연탄과 화덕을 소지한 봉고차의 출입을 제한한다 청테이프와 청산가리도 압수 대상이다 허름한 주택가 골목에 하루 이상 방치된 차량의 동태를 파악한다

　4) 권총과 커터칼 압박 붕대 등의 판매를 제한한다 데드 캠프의 감시 카메라를 증편하고 모니터를 집중 감시 체제로 전환한다

－「데스홀릭」 전문, 『청진기 가라사대』

　자살에 대한 징후는 곳곳에서 드러나게 마련이다. 인간의 무의식 속에는 영구불변의 삶이 존재하기 때문이다. 그래서 대부분 사람은 유서를 남기고 또 죽음이라는 행위를 통하여 자신의 결백이나 상대방에 대한 증오심을 표현하기도 한다.
　자살에 대한 충동을 말로 표현하지 못한다고 하더라도, 여러 행동으로 본인의 자살을 암시한다. 중요한 소유물을 남에

게 주고 주변을 정리한다. 가족 몰래 약을 사 모으거나 위험한 물건을 감추어둔다. 일상 활동에서 흥미와 즐거움을 상실하고 활기가 없어진다. 외모 관리에 지나치게 무관심해진다. 뚜렷한 이유 없이 갑자기 평화스럽게 보이거나 즐거워 보이는 등 태도가 급변하기도 한다. 자살을 결정하면 차분해지기 때문이다.

언젠가 대한의사협회와 한국자살예방협회에서 주최한 '자살예방 전문교육 강사 양성을 위한 워크숍'에 참석한 적이 있다. 의사는 자살 고위험군을 자주 접한다. 자살은 치료받지 못한 우울증의 결과이기 때문이다. '생명을 살리는 직업인으로서의 의사의 역할은 자살 예방의 이념과 일치한다'는 말이 가슴에 와닿았다. 자살자들의 약 90%는 1년 이내 일차 의료 서비스를 이용한다는 통계와 자살 1달 이내의 76%가 일차 의료 서비스를 이용한다는 사실에 놀랐다. 새삼 가슴이 답답하고 어깨가 묵직했다.

자살을 생각하는 사람들은 대개 자기 생각을 직간접적으로 표현한다. 주변에 자살 고위험군(자살충동을 느끼는 사람, 심하게 우울한 사람, 최근에 무엇인가를 상실한 사람 등)이 있다면, 그들의 말에 주의를 기울이고, 신호를 포착할 수 있도록 노력해야 한다.

자살을 암시하는 몇 가지 언어적 징후를 소개하면 다음과 같다.

"나는 더이상 지탱할 수 없어, 유일한 탈출구는 죽음뿐이야."

"언젠가 다시 태어나면 좋겠다. 죽은 후 내 모습은 평온할 거야."

그러나 그들 중에는 때로 직접적으로 말하지 못하는 경우도 많다. 상대의 반응에 대한 확신이 없어서, 용기 내어 이야기했지만 비난받을지도 모른다는 생각 때문에, 직업 상실, 승진 실패, 자유 상실 등으로 고통받을 때 다른 사람들이 자신의 자살 충동이나 상황을 알게 되는 것이 창피하고 두려워서, 다른 사람들에게 부담 주기 싫어서 등 다양한 이유 때문이다.

> 새벽에 강변을 걷다가
> 익사한 사람을 본 적이 있다
> 그때 새벽부터 햇볕에 타지 않으려고
> 챙모자를 쓴 중년 여인이
> 내 뒤에서 다가와 물었다
> 사람들이 왜 모여 있나요 무슨 일 있나요
> 자살한 것 같아요 사람이 물에 빠져 죽었어요
>
> … 중략 …
>
> 그러던 중년 여인이 갑자기 허리를 숙이고 바닥에서
> 뭔가를 집어 올렸다
> 바닥에 붙어 있던 죽은 매미였다
> 중년 부인은 그것을 힘차게 길가 풀밭으로 내던졌다

그 순간 죽은 매미가 날개를 펴더니
공중에서 두어 바퀴 선회하다가
멀리 강 너머로 사라졌다
— 박형준, 「죽은 매미의 날개」 부분

누구나 한 번쯤 보았음 직한 익숙한 풍경이다. 자살인지 익사인지 분명하지 않지만 거센 비가 지나가고 강가에 늘어선 줄버들이 시체를 덮고 있다. 사내는 쉬고 있는 것처럼 반쯤은 물 밖에 몸을 내밀고 장난치듯 흔들리고 있다. 새벽빛에 유난히 불어 터진 팔뚝이 물속 구름과 잘 어울린다. 우리는 남의 죽음에 대해 간과하거나 너무 쉽게 얘기하는 경향이 있다. 죽음이 가지는 묵직한 의미에 비해 너무 가볍게 표현하고 대수롭지 않게 말한다.

죽은 듯이 바닥에 붙어 있는 매미에 대해 죽음이라고 쉽게 판정해 버린다. 하지만 죽은 듯이 누워있는 매미야말로 살아야 하는 절박함의 반증일 것이다. 포식자의 감시를 피해야 하는 본능적인 몸부림이다. 생명에 대한 경외심을 망각한 채 죽음을 대하는 경솔한 태도를 지적하고 있다. 익사한 사람을 자살이라고 쉽게 판단해버린 자신의 경솔함을 책망하고 있는 것이다.

어느 정신과 의사는 자살을 '무너진 영혼의 돌이킬 수 없는 선택'이라고 규정했고, 프로이트는 외부 대상으로 향했던 사랑이 공격성으로 변해 자신을 향해 일어나는 것이 자살이라고 해석했다. 밖을 향해 쏘려던 총구를 자신을 향해 돌린 셈이다. 자살은 전염성이 있다. '베르테르 효과'라고 하는 이 전염의 속성은 유명인의 자살에 대한 일종의 모방심리이다.

자살한 예술가의 행적은 독자들의 또 다른 심연 속의 우울을 생성해내기도 한다.

빈센트 반 고흐 하면 여지없이 떠오르는 그림, 파이프를 물고 귀에 붕대를 감은 자화상은 많은 사람들에게 귀에 붕대를 매고 싶은 충동에 시달리게 했을지도 모른다. 모더니즘과 페미니즘을 엮어냈던 버지니아 울프는 큼직한 돌멩이를 주워 모피코트 주머니에 집어넣고 우즈 강물 속으로 들어갔다. 깊고 푸른 현해탄의 윤심덕도, 슈바빙거리 가스등의 아련한 불빛 전혜린도, '가자 장미여관으로'를 외치던 마광수도 자살로 생을 마감했다. 말년에 과대망상증과 우울증에 시달렸던 어니스트 헤밍웨이는 결국 총구를 입에 물고 발사하는 것으로 최후를 마감했다. 노인과 바다에서 '인간은 파괴될 수는 있어도 패배할 수는 없다'고 한 그의 명문장과의 아이러니를 어떻게 해석해야 할까.

죽음이란 대자연처럼 있는 그대로 받아들여야지 결코 인간이 선택할 사항은 아니다. 삶과 죽음은 따로 존재하는 게 아니다. 죽음이란 삶의 연장선일지도 모르기에 죽음을 받아들이는 태도 또한 엄숙하고 경건해야 한다. 아무런 경고 없이 죽음에 몰두하는 사람은 매우 드물다. 대부분 사람은 죽기를 원하는 것이 아니라 자신이 겪고 있는 심한 고통이 끝나기를 바라는 것이다.

카우치에서 시를 읽다

손님들은 모두 잠들어 있었다 소파인지 침대인지 비스듬한 안락의자에 누웠다 천정은 높고 창문은 비좁았다 식은 커피잔에서 모락모락 김이 났다 의사인지 바리스타인지 흰 가운이 눈앞에 어른거렸다 뜨거운 손바닥으로 하늘을 가렸다 지난 풍경들이 연탄가스처럼 스며들었다 손가락 사이에 가려진 기억이 몽롱해졌다 몸의 균열은 지붕이 아니라 기둥으로부터 시작되었다 구겨진 쪽지를 건네주며 생각나는 대로 읽고 보이는 대로 말하라고 했다 죽은 사람들이 점자처럼 어른거렸다 내 유년시절도 먼지처럼 떠다녔다 물에 빠져 죽은 누이를 위해 지붕이 불타기를 기도했다 흰 연기가 꼬리곰탕처럼 끓어올랐다 썩지 않은 누이가 썩은 지붕에서 쏟아져 나왔다 지그시 눈을 감고 입술을 깨물었다 소화되지 않은 말들이 입속에서 오물거렸다 지금까지 내뱉은 말이 자유연상이면 치유가 될 것이고 자동기술이면 詩가 될 거라고 했다 상담료를 지불했는데 커피 대신 껍딱지 같은 책 한 권을 주었다 단물이 빠지기 전에 책상다리에 붙여 놓았다

* 카우치: 정신분석에서 사용되는 안락의자. 자유로운 연상을 돕기 위해 만들어진 침대 모양의 평평한 의자이다.

＊ ＊ ＊ ＊ ＊

자유연상(free association)이라는 치료법이 있다. 프로이트가 도입한 이래 현재까지도 널리 사용되고 있는 정신분석의 한 기법이다. 자유연상이란 말 그대로 머리에 떠오르는 단어를 자유롭게 말하는 것이다. 눈을 감은 채 카우치에 누워 떠오르는 생각이나 이미지를 여과 없이 이야기하는 것이다. 마치 고해성사처럼. 그것들은 내면 깊숙이 억압의 기제로 자리 잡은 것이어서 때론 수치스러울 수도 고통스러울 수도 있다. 프로이트는 자유연상과 꿈의 해석을 통해 무의식의 세계로 향하는 통로를 찾고자 했던 것이다.

자동기술법(automatism) 이란 무의식의 세계로부터 분출되는 혼돈의 이미지를 다듬지 않고 즉흥적으로 묘사하는 형태를 말한다. 무의식이나 잠재의식으로 기술하는 언술 형식이라 달콤한 시체의 방식이라 칭하기도 한다. 이성적 사고나 기존의 미학을 배제하고 무의식 가운데서 이루어지는 것으로 주로 詩와 회화에서 행해졌다. 이들은 프로이트의 정신분석 이론에서 영향을 받았으며, 이렇게 표출된 상징이나 이미지가 비록 의식에 반해서는 낯설거나 일치하지 않는 것처럼 보일지라도, 사실상 인간의 무의식적인 심리 상태의 기록이므로 본래 예술적 의미가 있다고 믿었던 것이다.

「카우치에서 시를 읽다」는 세 번째 시집의 가제였다. 세상의 고통은 고사하고 내 몸이나 추슬러보자는 의도가 숨어있었다. 하지만 편집과정에서 시집 제목은 『청진기 가라사대』로 바뀌고 출간 시기도 늦춰졌다. 결국 폭염의 절정에 시집이 출간되었다. 폭염 탓일까. 나는 시집을 상재하고 한동안 몸살을 앓았다. 산고와 같은 그럴듯한 병명을 붙이고 싶지만, 그냥 몸이 아픈 것이다. 과로가 몰고 온 지독한 몸살에 며칠째 힘겨운 날들을 보냈다. 온종일 아픈 환자를 상대하고 있으면서도 정작 내가 아프면 누굴 찾아가야 할까. 싱글족이나 독거노인들도 살아가면서 가장 힘들 때는 몸이 아플 때라고 말하던데.

몸이 아프니 온갖 상념이 스치고 지나간다. 아이는 아프면 성장하고 어른은 아프면 늙는다던데 부쩍 늙었을 테지. 거울을 들여다보니 낯선 중년의 사내가 퀭한 얼굴로 나를 노려보고 있다. 거울 속의 사내는 자기의 모습이 어색한지 곧바로 얼굴을 돌리고 만다. 부릅뜬 눈과 한층 짙어진 다크서클이 눈에 들어온다. 부쩍 새치가 늘어난 머리칼을 헤집어 본다. 머리를 자르고 염색을 해야겠다. 사용 기간이 오래되어 고장 날 일 잦은 몸이지만 어쩌겠나, 잘 다독여 남은 기간 유용하게 사용해야지.

서서히 서서히 그러다 갑자기 밀려오는 요의(尿意)처럼
봄비에 쩍쩍 갈라지는 사타구니 계곡의 얼음장처럼
비 그친 뒤 더욱 흰 목덜미의 과붓집 백목련처럼
춘화에 취해 오줌발 세우고 있는 만취한 전봇대처럼

몽롱한 오월의 안부를 묻고 있어요 붉은 구름 사이 절규하는 스무 살이 보여요 주름진 봄은 내 이마에 빗금을 긋기 시작했어요 모자를 벗었을 뿐인데 흐릿한 내 시야엔 왜 자꾸 비가 내릴까요 수상한 구름은 어떤 표정도 짓지 않아요 물음표 같은 우산을 쓰고 혼돈의 사선 밖으로 뛰쳐나가요 이제 안경을 벗는 것도 두렵지 않아요 여전히 세상을 더듬거릴 뿐 저 흐드러진 지린내를 피하지 않아요 눈부신 아카시아가 망막까지 활활 타올라요 이제 갓 스물이라고 말하지 마세요

　　　　　　　－「카우치에서 봄을 읽다」 전문, 『 청진기 가라사대』

　스무 살 언저리의 나는 세상과 불화를 겪었다. 그때마다 나는 심신을 위로해 줄 친구 같은 책을 찾았다. 하지만 책은 아무런 위로도 되지 못했다. 쇠약해진 심신에게 책은 약이 아니라 독이 될 수도 있기 때문이다. 아픈 사람에게 책은 위로가 아니라 혼란을 줄 수도 있다는 사실을 그땐 몰랐던 것일까. 당시 내 몸은 망가질 대로 망가진 상태였다. 나는 치료가 시급했다. 나는 학업을 포기하고 요양의 길을 택해야 했다. 당시 직업군인인 형을 따라 항구도시이자 군사도시인 진해에 머물게 되었다.

　시국은 어수선하고 또래의 젊은이들은 불의에 항거하는데 한가롭게 요양이나 하는 내 모습이 한심하게 느껴졌다. 그때 이미 사관생도가 된 고등학교 친구를 만났다. 그는 몸과 정신이 반듯한 친구였다. 심한 좌절과 허무감에 시달리던 나와는 세상을 조명하는 방식과 국가관이 판이하게 달랐다. 저 나이에 저렇게 투철한 사고를 하다니. 그는 같은 교실에서

함께 웃고 떠들던 개구쟁이 친구가 아니었다. 우리는 하염없이 봄밤을 걸었다. 흐드러진 벚꽃 향기와 아련한 항구의 불빛 그리고 아픈 청춘이 한데 뒤섞여 몸살을 앓고 있었다. 스무 살의 봄밤이란 찰나에 피었다 지는 벚꽃처럼 허망하기 그지없다. 지금도 봄이 되면 어디에서 연유하는지 모를 허무감에 시달린다. 어디에서도 위로받지 못하던 그 시절의 봄밤을 두려워하는 것인지도 모른다. 유난히 병치레가 많았던 나는 여지없이 '봄앓이'를 시작하는데 그것은 어느 순간 '스무 살 앓이'가 되었다.

언제부터일까, 나는 가끔 진료실에서 길을 잃는다. 해가 뉘엿뉘엿 넘어가면 꽉 막힌 진료실이 섬처럼 고독해지면서 그 증세는 더욱 깊어진다. 수심(愁心)이 깊어지기 전에 빠져나가야 하는데 그 길은 아득하기만 하다. 그런데 참 이상하다. 길을 잃는다는 것이 그다지 싫지 않은 것이다. 그럴 때면 가슴을 적시는 풍경을 하얀 종이에 그리기 시작한다. 잃어버린 길을 찾는 여정이라지만 나의 내면이 고스란히 드러나 오히려 곤혹스러울 때가 있는데도 말이다.

나는 몇 걸음 물러서서 지나온 발자국을 살펴본다. 오솔길도 걷고 비탈길도 걸었다. 길은 잠시 아름답지만 늘 위태로웠다. 갈림길에선 걸음을 멈추고 길의 운명을 생각했다. 이제 저무는 길 어디에 주춧돌을 세우고 어디쯤 터전을 잡아야 하는가. 나는 지그시 눈을 감는다. 그리고 머릿속에 떠도는 이미지들을 달콤한 시체의 방식으로 읊조린다. 누구의 길도 따라가지 않겠노라고 큰소리쳤지만 결국 이정표만 따라 걷지 않았던가. 나는 또다시 길을 잃어버릴 기미를 느낀다.

> 나는 또 어디로 흘러갈까요 밤새 나를 보살폈던 책갈피는
> 팔다리가 마비돼 천장을 둥둥 떠다녀요 잠에서 깨어나 보니 우
> 울과 망상의 찌꺼기들이 라면 가닥처럼 엉겨 붙어있어요 불안
> 을 베개 삼아 페소아가 잠들어 있고 상실의 시대를 지나온 하
> 루키가 쓰다 만 편지처럼 서성거려요 담장 너머 저만치엔 안개
> 자욱한 욕망이 보이고요 조금만 몸을 기울이면 새로 생긴 절망
> 이 나를 노려보고 있어요 나는 또 어디로 흘러갈까요 빨간 자
> 전거를 탄 프로이트가 무의식의 골목으로 나를 안내했어요 '자
> 아는 이드가 있는 곳에 세워져야 한다' 詩가 태어난 장소는 모
> 두 다 마시거나 먹거나 싸는 곳이지요 나는 결국 편지 겉봉투
> 에서 다시 태어났어요
>
> ― 「카우치에서 길을 묻다」 부분, 『청진기 가라사대』

의과대학에 입학한 후의 삶은 다분히 좌뇌형 인간이었다.
단 하루도 거르지 않고 의학적 지식을 습득해 왔으니 말
이다. 광속으로 발전하는 의학 지식을 따라가느라 나는 늘
숨이 가빴다. 동네 의사로 자리를 잡은 이후 그 간극은 점점
더 벌어졌다. 낡은 자전거를 타고 KTX를 따라가는 느낌이
랄까. 하지만 의학적 지식에 대한 물리적 거리보다는 내 자
신에 대한 심리적 간극이 나를 더 힘들게 했다.

독서는 그 심리적 간극을 줄이기 위한 하나의 방편이었다.
인문학에 대한 열풍과 더불어 이런저런 책들과의 조우는 내
안의 나를 찾아가는 또 다른 낯선 여행이기도 했다. 잠자고

있던 우뇌가 조금씩 깨어나는 느낌이었으므로.

삶이 우리에게 주는 축복 중 하나가 삶에 대한 무지를 깨닫는 것이 아닐는지. 그것은 세상, 혹은 타인에 대한 무지이기도 하지만 무엇보다 자신에 대한 무지를 깨닫는 일일 것이다. 내면 깊숙이 깃들여 있는 안개 자욱한 욕망과 새로운 욕망을 알지 못한다는 사실이 우리로 하여금 끊임없이 탐구하고 성찰하게 하는 원동력이 아닐까.

나는 몇 번이나 펼쳤다가 읽기를 포기했던 〈말도로르의 노래〉 첫 번째 노래를 다시 부른다.

"하늘의 뜻이 다르지 않아, 독자는 부디 제가 읽는 글처럼 대담해지고 별안간 사나워져서, 방향을 잃지 말고, 이 음울하고 독이 가득한 페이지들의 황량한 늪을 가로질러, 가파르고 황무한 제 길을 찾아내야 할지니, 이는 그가 제 독서에 엄혹한 논리와 적어도 제 의혹에 비견할 정신의 긴장을 바치지 않는 한, 마치 물이 설탕에 젖어 들듯이 책이 뿜어내는 치명적인 독기가 그 영혼에 젖어 들 것이기 때문이다. 오직 몇몇 사람만이 이 쓰디쓴 열매를 위험 없이 맛볼 수 있으리라."

나는 카우치에 눕듯 소파에 누워 어느새 눈을 감는다. 보고 있는 책을 덮자 수많은 상념들이 천장에 둥둥 떠다닌다. 그것들은 자유연상이지만 때론 자동기술이 되기도 한다. 돌이켜 보니 즐거운 상상보다는 고통스러운 기억뿐이다. 병마처럼 엉겨 붙은 루머의 씨앗을 찾아 얼룩진 육신을 타진한다. 잡동사니 같은 시(詩)의 흔적만 여기저기 널려있다. 단물이 빠지기 전에 책상머리에 붙여 놓아야겠다.

경계의 시각(視角) 혹은 시각(詩覺)

"시인이란 어떤 존재인가. 아니, 시를 쓰는 호모 메디쿠스란 어떤 존재인가. 자신에게 부여된 의무에 질문을 던질 줄 아는 자다. 그리고 그 의무에 질문하기 위해 치열하게 저 자신과 대면하는 고통을 참아내는 자다."

두 번째 시집『히스테리증 히포크라테스』서평의 한 부분이다. 아닌 게 아니라 생의 고비마다 질문이 많았고 질문은 살 속을 파고들어 내면을 찔렀고 그러므로 청진기 옆에 책을 쌓아둘 수밖에 없었다. 호모 메디쿠스의 존재로 살아온 지 삼십 년이 넘었고 시를 쓰기 시작한 지 십수 년이 지났다. 하지만 아직까지 나 자신을 시인이라고 소개해 본 적은 단 한 번도 없다. 의사라는 꽤 단단한 페르소나는 내게 시인이라는 명함을 좀체 허용치 않기 때문이다. 하지만 언제부턴가 김시인이란 말은 김원장이란 말 만큼이나 흔해 빠진 단어가 돼버렸다. 이제 시인이란 명함은 낯선 문장을 포장하는 싸구려 포장지쯤으로 변해 버린 것이다.

이 글도 '시 속의 의학이야기'라는 제법 거창한 주제를 표방했지만 문학에 대한 의학적 관찰, 혹은 문학이 바라본 의학의 현장쯤으로 이해하면 좋을 것 같다. 지극히 주관적인 입장에서 바라본 문학의 풍경이고 의학의 현장이다.

경계의 삶을 살아온 만큼 경계의 시각(視角)으로 의학의 현실을 진단하고 경계의 시각(詩覺)으로 문학판을 살펴보았다. 주마간산으로 살펴본 의학의 현장은 여전히 어렵고 풀어야 할 난제가 수두룩하다. 그렇다고 현실을 개탄할 수만은 없는 일이다. 근근이 유지되고 있는 문학도 마찬가지다. 세월호에서 촛불혁명에 이르기까지 시대를 아우르는 문학의 목소리는 늘 존재해 왔다. 때로는 시대와 조화하고 때로는 시대와 불화하며 시대의 아픔을 진단하고 조명하는데 문학의 역할은 소중하다.

나는 문예지에 시를, 또 다른 매체에 의사로서 글을 쓰고 있지만 문학의 주류에 편승한 적은 없다. 그래서 다행이다. 무명작가라서 다행이다. 마이너리티라서 정말 다행이다. 글만 써서 먹고 살아야 했다면 더 독한 글들을 양산했을지도 모른다. 재능의 부재를 탓하며 혹은 재능을 알아주지 못하는 세상을 향해 독설을 퍼부으며 문학의 관심종자가 되었을지도 모르니까. 야구경기에서 패전 전용 투수가 있다. 패색이 짙은 경기에서 나서는 구원투수이다. 그들은 이기려 하지 않는다. 아름답게 지는 방법을 탐구한다. 문학가로서의 사명감이란 오로지 아름답게 지기 위한 몸부림일지도 모른다. 나는 그저 내 자신을 위해서 글을 쓴다. 뚜렷한 작가의식이 있는 것도 아니다. 문학은 적이 아니라 이웃으로서 타인을 이해할 수 있는 가장 좋은 방법이라는 어느 작가의 말을 빌린다면, 나 역시 나를 이해하고 아울러 세상을 이해하려는 방법의 하나이기도 하다.

"문학은 존재한다. 왜냐하면 내가 그것을 즐기기 때문"이라는 말라르메의 말은 내 글쓰기의 자의식을 가장 명징하게 설명해 준다.

밤이 깊어갈수록 시름도 깊어가고 아침은 빨리 온다. 오늘도 미명의 하늘을 창 속에 박아둔 채 시를 읽는다. 왜 시를 읽으면 간곡해질까. 왜 시를 쓰면 가슴이 뜨거워질까. 각인된 글자들이 영혼까지 스며든다. 이 은근하고 질긴, 목숨처럼 이어지는 아련한 문학의 끄나풀을 나는 놓을 수 없다. 나를 휘감고 발목을 잡는 문학에게 죽을 때까지 발목을 잡힌 채 살아가기를 소원한다. 모든 경계에는 꽃이 핀다고 했던가. 나는 경계의 삶에 만족한다. 넉넉한 마음으로 세상을 조망하는 주변인의 삶이 더없이 좋다. 문학과 더불어 그리고 의학과 더불어.